AF474563

LE COMTE DE LA FERRONNAYS

ET

Marie-Alph. Ratisbonne.

PARIS, IMPRIMERIE DE POUSSIELGUE,
rue du Croissant, 12.

LE COMTE DE LA FERRONNAYS

ET

MARIE-ALPHONSE RATISBONNE,

OU

MES IMPRESSIONS

de Quinze Jours à Rome,

(16-31 janvier 1842.)

Par le Cte Ch. Walsh,

auteur du *Voyage en Suisse* et de *Georges Sand.*

Te Deum, laudamus.
Ave, Maria, gratia plena.
Mirabilis Deus in sanctis suis.

PARIS,

AUX BUREAUX DU JOURNAL *L'UNION CATHOLIQUE*,
rue des Saints-Pères, n. 3,

ET CHEZ POUSSIELGUE-RUSAND,
libraire, rue Hautefeuille, 9.

1842

A MA MÈRE.

Je vous dois l'inappréciable bienfait d'une éducation chrétienne, auquel vous avez ajouté l'exemple efficace d'une vie constamment dirigée par l'idée du devoir et consacrée à la pratique de la charité et de toutes les vertus.

En vous adressant l'hommage de ce travail, où j'ai mis toute mon âme, je ne fais que vous rendre une partie de ce que j'ai reçu de vous.

Bien que je vous offre ici ce que j'ai de meilleur à donner, je ne sens que trop l'impossibilité où est un fils de s'acquitter jamais envers une mère telle que vous l'avez été pour moi.

Cte Théobald Walsh.

Rome, 20 mars 1842.

AVANT-PROPOS.

Les pages qui suivent ne s'adressent qu'aux lecteurs chrétiens ou aux hommes en voie de le devenir ; je veux dire à ceux qui ont le bonheur de croire encore à la sincérité des convictions religieuses et de ne pas les regarder comme une faiblesse. Quant aux autres, ils peuvent s'épargner la peine de tourner le feuillet; le titre de cet opuscule et le choix des épigraphes les avertissent suffisamment de ce qu'ils doivent s'attendre à trouver ici. Que si, nonobstant, ils veulent passer outre, l'auteur leur déclare qu'il ne se préoccupe en aucune façon du jugement qu'ils porteront sur son travail : le sujet qu'il traite sort de leur compétence, et il parle d'ailleurs une langue dont ils n'ont pas l'intelligence.

Laissant donc les négateurs systématiques, les faiseurs de religions de *l'avenir* et les rêveurs d'utopies sociales proclamer avec une emphase suspecte la formule désormais usée :

« Le christianisme a fait son temps, » il va exposer ses titres à la confiance de cette portion du public à laquelle il vient offrir une preuve nouvelle de la vérité de ces paroles plus consolantes : « Le bras du Seigneur ne s'est pas raccourci. »

Je parle parceque j'ai cru, et les éléments de ma conviction intime, *raisonnée*, inébranlable, sont tels, que je me regarderais comme ayant perdu le sens, ou comme étant le plus absurde des hommes, si, après avoir vu et entendu ce qu'il m'a été donné de voir et d'entendre, je conservais, quant à la réalité du miracle de la conversion de M. Ratisbonne, seulement l'ombre d'un doute.

Je parle parceque c'est pour moi un devoir de gratitude envers la Providence qui, par une faveur spéciale, a permis que je me trouvasse être le témoin le plus imméd at, le plus rapproché du fait, après le baron Théodore de Bussière, choisi pour en être l'instrument, et le Père de Villefort, nouvel Ananie de ce nouveau Saul.

Je parle enfin parceque ma conscience m'appelle à porter témoignage (1) et que ce serait une lâ-

(1) « Ut testimonium perhiberet *de lumine*. »

cheté que de ne pas répondre à cet appel, parceque, d'après l'avis d'hommes dont la décision est pour moi d'un grand poids, mon témoignage peut être utile à ceux qui d'un cœur sincère cherchent la vérité, et doit l'être immanquablement à ceux qui sont sur la voie ou qui ont eu le bonheur de la trouver.

En effet, les personnes dont je suis connu savent bien que je ne suis point un homme d'imagination, ni d'une crédulité aveugle. S'il est quelque chose qui me distingue, ce serait plutôt un peu de ce bon sens instinctif et tout pratique, que j'estime fort au dessus des qualités plus brillantes de l'esprit ; aussi le merveilleux m'inspire-t-il au premier abord un certain éloignement. En ce qui touche les faits d'un ordre surnaturel, je n'admets que ceux que je regarde en ma qualité de catholique comme étant de foi. Les miracles de fraîche date, en revanche, trouvent en moi une réserve peut-être excessive, et qui pourrait être qualifiée d'un autre nom. Je crois pouvoir user pleinement à leur égard du droit d'examen que me laisse l'Église, pour les cas où elle ne s'est point prononcée.

Or, ici j'ai vu, j'ai touché pour ainsi dire au doigt le miracle de la conversion imprévue, instantanée, *humainement impossible* de M. Ratisbonne; j'ai passé sans le savoir une heure à deux pas de lui, à cette même place où quatre heures seulement auparavant il venait de recevoir le dernier coup, le coup décisif de la grâce. Il était là, devant moi, encore tout troublé, tout frémissant, et prosterné sur les marches de cette chapelle où il s'était senti, par un moyen surnaturel, régénéré soudainement. Le lendemain aux obsèques du comte de La Ferronnays, je l'ai revu, aussi recueilli et plus ému qu'aucun d'entre nous, s'agenouiller à l'élévation, et adorer, ainsi que l'eut pu faire le plus fervent catholique.

Depuis lors j'ai causé tous les jours avec lui et avec le baron de Bussière ; il a bien voulu me montrer la lettre qu'il adressait à son frère l'abbé Théodore Ratisbonne, et me rapporter de vive voix quelques passages de celle dans laquelle il annonçait sa conversion à sa famille de Strasbourg. J'ai questionné à diverses reprises le père de Villefort, auprès duquel il s'était fait conduire dès le premier moment ; j'ai interrogé tous ceux qui avaient eu avec le nouveau converti des rapports immédiats..... Voilà les droits que j'ai à être écouté et à être cru ; le lecteur non prévenu les pesera avec calme et impartialité.

Il est une classe de personnes de bonne foi, mais soupçonneuses, qui sur le nom seul de l'auteur seront peut-être tentées d'infirmer son témoignage, en le supposant dicté par un intérêt de parti. Je crois devoir les désabuser, et leur apprendre que depuis plusieurs années j'ai quitté la ligne politique de M. de La Ferronnays, dont pendant longtemps j'ai partagé les sentiments, les opinions, les vœux et les espérances. De cette regrettable communauté je n'ai conservé que les sentiments ; mais je me hâte d'ajouter que si je me fusse trouvé dans une position analogue à la sienne, je me serais fait gloire de suivre *en tout* son loyal et généreux exemple, et de l'imiter, autant qu'il m'eût été donné de le faire, dans son inaltérable dévouement.

Quant aux ricaneurs surannés du *voltairianisme* et aux adeptes, plus sérieux, mais de bien peu, de l'école physiologique, à ces gens auxquels il manque le sixième sens, à l'aide duquel l'homme voit les choses du monde invisible et perçoit les vérités de sentiment, peut-être croiront-ils m'opposer une excellente fin de non-recevoir en déclarant M. Ratisbonne atteint d'une monomanie religieuse et dupe d'une vision fantastique.... Soit! mais alors qu'il frappent donc de la même interdiction et M. de La Ferronnays qui a prié pour la conversion du juif, et M. de Bussière qui en a été l'agent providentiel, et nous tous enfin qui avons cru comme S. Thomas, *parceque nous avons vu.*

Je discuterai ailleurs plus à fond l'objection prévue de ces messieurs: que les premiers retournent en attendant au code de morale et de religion naturelle du patriarche de Ferney, les autres à leur scalpel, et qu'ils laissent en paix ceux qui se figurent dans leur simplicité avoir à sauver une âme faite à l'image de Dieu.

On voudra bien excuser l'usage fréquent que j'ai fait et que je ferai encore du pronom personnel, ainsi que les détails dans lesquels j'ai cru devoir entrer touchant le caractère et les opinions du narrateur. Ils m'ont semblé nécessaires pour servir à déterminer le degré de confiance qu'ont peut accorder à son récit. On n'oubliera pas en outre que ce sont ici mes impressions que je donne sans prétendre les imposer; comme elles ne me sont pas uniquement personnelles, j'ai le confiant espoir d'être assez heureux pour les faire partager à d'autres.

Au reste ceci n'est point un œuvre

littéraire; c'est une œuvre de chrétien que j'ai accomplie, sinon avec talent, du moins avec conscience et amour. Puissé-je n'être pas resté trop au dessous de la grandeur de mon sujet et avoir atteint, ne fût-ce qu'imparfaitement, le but que je me suis proposé, savoir : de rendre gloire à Dieu, d'édifier les âmes pieuses, de fixer celles qui hésitent et de ramener celles qui s'égarent.

LE COMTE DE LA FERRONNAYS

ET

Marie Alphonse Ratisbonne.

J'eus le bonheur d'arriver justement à Rome pour assister à deux excellentes conférences prêchées par M. l'abbé de Ravignan, à l'église de Saint-Louis-des-Français, devant un auditoire nombreux et attentif qui se composait de la société française et de l'élite des étrangers; on y remarquait aussi beaucoup de Romains.

La semaine d'après, je pus suivre également une retraite donnée par lui à l'oratoire de *Caravita*, pendant laquelle le prédicateur nous fournit une preuve frappante de la flexibilité de son talent, dans les instructions du matin, instructions essentiellement pratiques et empreintes d'une si aimable et si expansive familiarité. Deux fois par jour, Français et étrangers se pressaient autour de la chaire de vérité pour entendre cette voix amie, et, lors de la communion générale qui termina la retraite, on put apprécier, par le grand nombr et l'édifiante ferveur des fidèles qui y partici pèrent, tous les fruits qu'elle avait portés.

Une circonstance fortuite dont je ne sau rais trop me féliciter me mit en rapport personnels avec M. l'abbé de Ravignan Après quelques instants de causeries in times, le grand orateur disparut à me yeux pour me laisser voir l'homme excel lent, au cœur d'apôtre, brûlant de charité se donnant et se prodiguant tout à tous, l'exemple de S. Paul; l'homme aussi ad mirable par sa parfaite simplicité, aussi attachant par l'irrésistible charme de son caractère que distingué par les facultés dont Dieu a doté cette haute intelligence. Jamais les moments trop courts passés en tête à tête avec lui, jamais ces épanchements d'âme à âme, dont j'ai été appelé à jouir dès le début de cette précieuse connaissance, ne s'effaceront de mon souvenir : j'en conserve, envers M. de Ravignan, un profond sentiment de gratitude. Il y avait dans ses paroles, dans son regard, son geste, dans toute sa personne enfin, comme une irradiation, un reflet de cette charité divine, de cet amour infini de Dieu et des hommes qui illuminait la figure de son adorable maître prêchant sa parole aux populations avides de l'entendre, guérissant leurs infirmités et consolant leurs misères.

A la fin d'un de ces entretiens, M. de La Ferronnays entra familièrement, comme chez un ami ; M. de Ravignan me présenta à lui. A sa belle et noble tête, à sa physionomie ouverte et loyale, je l'aurais presque deviné; déjà, sans savoir qui il était, je l'avais remarqué aux instructions de la retraite, où son attitude recueillie et l'émotion visible avec laquelle il écoutait l'orateur, avaient été un sujet d'édification pour tous. Jusqu'à ce jour, je ne l'avais connu que par sa réputation de loyauté incontestée et par sa carrière politique si honorablement parcourue. C'est dire assez que je partageais, avec mes contemporains, les sentiments d'estime et de considération générales qui entouraient ce grand caractère, ce digne représentant de tout ce qu'il y a de vraiment bon, de généreux et d'élevé dans l'opinion à laquelle il appartenait.

De l'homme privé, je ne savais que ce que m'en avait appris une personne haut placée et faite pour apprécier un pareil homme (1). Je fus donc doublement heureux de faire, sous de tels auspices, une connaissance aussi désirable, et je me promis bien de profiter de mon séjour à Rome pour la rendre plus intime. La famille de M. de La Ferronnays ayant été jadis en relations de voisinage et d'intimité avec la mienne, il voulut bien ne point me considérer en étranger et m'engagea obligeamment à venir le voir. Je me hâtai d'user de cette permission, comme si j'eusse prévu que je n'en dusse jouir que si peu de temps. En effet, je n'ai vu le comte de La Ferronnays que cinq fois en tout, soit chez lui, soit en maison tierce.

En tête des personnes sur lesquelles je comptais le plus, pour l'agrément de mon

(1) S. A. R. Madame la grande-duchesse douairière de Bade, qui avait passé à Castellamare un été avec le comte de La Ferronnays.

séjour à Rome, était le baron Théodore de Bussière, né protestant, converti depuis quelques années par M. l'abbé Bautain, qui avait bien voulu me recommander à lui. Il était, en outre, en relations suivies avec ma mère, et je reçus de sa part l'accueil le plus empressé; je le voyais souvent.

Déjà connu par une publication estimée sur l'Orient, il s'occupait d'un important travail sur Rome chrétienne, qu'il aime comme un fils aime sa mère qu'il a enfin trouvée, après l'avoir cherchée longtemps.

M. de Bussière était l'ami de M. de La Ferronnays : ce seul mot suffit à son éloge. Unis par une entière conformité d'idées et de sentiments, ils vivaient ensemble dans l'intimité la plus étroite. L'amitié qu'ils s'étaient vouée n'avait rien de terrestre ni de périssable ; ces deux âmes choisies s'étaient rencontrées au pied de la croix, et s'y étaient liées pour l'éternité. MM. de

La Ferronnays et de Bussière étaient l'un pour l'autre un objet d'édification mutuelle et de sainte émulation, se voyant plusieurs fois chaque jour et vivant en communauté de prières ainsi que de bonnes œuvres.

Le dimanche, 16 janvier (1), j'allai passer une partie de la soirée chez une de nos compatriotes, madame la princesse B***, qui réunit habituellement dans son salon ce qu'il y a de mieux dans la colonie française et la société romaine. Je devais y rencontrer le comte de La Ferronnays dont je m'estimais toujours heureux de me rapprocher. Après avoir présenté nos hommages à la princesse et causé quelques instants avec elle, je passai dans une pièce contiguë pour saluer le prince, que je trouvai s'entretenant avec M. l'abbé Dupanloup

(1) Je prie le lecteur d'avoir égard à l'ordre des dates; il est d'une grande importance.

et MM. de La Ferronnays et de Bussière La conversation roulait, comme c'étai l'habitude entre ces messieurs, sur un suje religieux. Au moment où je m'adjoignis ce petit groupe, le baron de Bussière venait de terminer un récit qui avait captiv au plus haut degré l'intérêt de M. de La Ferronnays et éveillé les sympathies les plus vives. Mais ce que je pus recueillir de la suite de cet entretien ayant une grande importance, ainsi qu'on le reconnaîtra plus tard, je crois utile de le consigner ici.

Il était question de la fameuse invocation de S. Bernard à la Vierge (*le Memorare*). M. l'abbé Dupanloup nous apprit que dans l'exercice de son ministère, il avait été plus d'une fois à même de constater l'efficacité de cette prière. Alors M. de La Ferronnays, prenant la parole, nous dit: «Je le crois sans peine, car j'en suis moi-même une preuve frappante. A l'époque la plus orageuse de ma vie, d'une vie de dissipation au milieu de laquelle j'avais perdu totalement de vue les vérités religieuses, sinon en théorie, du moins en pratique, ma mère me fit promettre de ne jamais passer un jour sans réciter, ne fût-ce qu'une fois, le *Memorare*. J'en pris l'engagement et j'y fus fidèle ; je ne crois pas, en effet, y avoir manqué un seul jour. Je récitais, il est vrai, cette prière par routine, sans y attacher d'importance, et même sans penser aux paroles que je prononçais, mais enfin je la récitais. Je la disais dans le monde, au spectacle, à la chasse, partout où l'idée m'en venait, mais toujours sans songer à m'associer ni de cœur ni d'esprit au sentiment et à la pensée qu'elle exprimait.

» Eh bien ! néanmoins, je suis fermement convaincu que cette habitude, en apparence toute machinale, avait quelque chose de providentiel, et que c'est à l'invocation, à l'appel si souvent adressé à la Mère des miséricordes, que j'ai dû enfin la grâce de ma conversion. »

Ces paroles, dites comme tout ce que disait M. de La Ferronnays, d'un ton de conviction entraînant, furent écoutées avec le plus vif intérêt. M. Dupanloup observa que c'était là un nouveau chaînon à ajouter à la chaîne de faits remarquables du même genre qu'il avait recueillis, et après un instant nous rentrâmes au salon.

Là je vis M. de La Ferronnays entouré des marques de respect et des égards les plus empressés de la part des personnes déjà réunies et des nouveaux arrivants. Ces témoignages, s'adressant à lui, changeaient en quelque sorte de nature ; ce n'étaient plus seulement les formes convenues d'une politesse banale : il me semblait y voir un hommage rendu à ce beau caractère, à cette vertu si haute et pourtant si accessible et si attirante. Le prestige de toute une vie d'honneur et de loyauté agissait, à leur insu, sur tous ceux qui approchaient M. de La Ferronnays. Par l'effet d'un rare privilége, il se trouvait naturellement et sans y prétendre, être le premier partout où il paraissait, et devenait comme le centre vers lequel tout convergeait. Au reste, il recevait les marques de déférence et de respect dont il était l'objet avec cette urbanité simple, aisée, pleine de bienveillance et de bon goût, dont les traditions se perdent à mesure que les caractères s'abâtardissent. C'est que le comte de La Ferronnays était vraiment noble, noble de la façon du Créateur, ainsi que le disait si bien un homme de mes amis, digne appréciateur de ce genre de noblesse. (1)

(1) M. Louis Simond, l'auteur du *Voyage en Angleterre*, ouvrage qui n'a point été surpassé, ni même égalé.

Bientôt la foule des visiteurs arriva, et je me retirai ; mon dernier regard fut pour M. de La Ferronnays.... Je ne devais plus le revoir !

Le surlendemain, 18, j'allai à Saint-Pierre pour assister à une fonction papale, à l'occasion de la fête de la chaire du Prince des Apôtres. J'aime ces cérémonies, comme catholique d'abord, puis par la raison que partout où paraît le Pape il apporte l'édification. J'étais arrêté auprès de cette vieille statue de S. Pierre, dont le pied a été poli par les témoignages naïfs mille et mille fois répétés du pieux respect des générations qui se sont succédé depuis plus de douze siècles. Le souverain Pontife avait passé, porté solennellement sur son trône, précédé des cardinaux en longues chapes de drap d'argent, et escorté de la garde suisse dans son costume pittoresque du moyen-âge. Je venais d'incliner mon front sous la paternelle bénédiction du vicaire de Jésus-Christ, du digne représentant de l'autorité et de l'unité catholiques, de ce vieillard vénérable, dont le caractère, tout apostolique et plein de mansuétude, justifie si parfaitement la touchante dénomination de père commun des fidèles.

Déjà les chants avaient commencé; je prêtais une attention recueillie à ces chefs-d'œuvre grandioses de l'immortel Palestrina, admirablement exécutés sans accompagnement, et d'un effet plus puissant qu'aucune autre musique d'église que j'aie jamais entendue. J'écoutais, avec ravissement, ces magnifiques accords si savamment enchaînés, développés si largement; ces accents, tour à tour mâles ou suaves qui s'enflaient et montaient, ainsi que des flots d'harmonie céleste, dans l'immensité de la coupole, puis débordant, pour ainsi dire, allaient se perdre dans la vaste profondeur des nefs de la Basilique. La magie saisissante de cet art, pour moi le premier des arts et le plus intiment senti, élevait mon cœur et ma pensée à la hauteur sublime des textes saints, et des hymnes inspirateurs du Prophète-Roi.

Plongé dans ma rêverie, j'en fus tiré par M. l'abbé Dupanloup qui, m'abordant avec une voix émue : « Vous avez appris le malheur qui vient de frapper la société française ? — Non, répondis-je, et quel est-il ? — M. de La Ferronnays est mort.... » saintement comme il a vécu. »

A ces mots, je restai muet de surprise et de saisissement : « Oui, continua M. Dupanloup, il est mort hier soir presque subitement. Avant-hier, nous l'avons vu, vous et moi, plein de vie ; hier, il est allé à la messe, comme à son ordinaire, a fait ses visites, vaqué à ses occupations habituelles ;

puis il à dîné en famille, et rien n'annonçait ce qui devait arriver. Il passa la soirée au milieu des siens ; à neuf heures, il se sentit pris d'une de ces violentes douleurs de poitrine dont il se plaignait plus fréquemment depuis quelques semaines ; la crise fut accompagnée de vomissements. M. de La Ferronnays suffoquait ; il fit appeler le médecin , ensuite l'abbé Gerbet, son confesseur. Celui-ci arriva au moment où le docteur pratiquait une saignée ; et ne put, en raison de cette circonstance, confesser le malade qui, en outre, éprouvait une extrême difficulté à parler. Connaissant à fond l'état de cette conscience si pure, (M. de La Ferronnays avait communié la veille) il se borna à lui demander s'il se repentait sincèrement de tous les péchés de sa vie. — Oh oui ! bien sincèrement ! — Aimez-vous Dieu de tout votre cœur ? — Oui, oui, je l'aime! — Confiance donc! confiance! ajouta l'abbé Gerbet. — Je l'ai pleine et entière!

» En proférant avec peine ces derniers mots, M. de La Ferronnays chercha à atteindre un crucifix suspendu à son chevêt; ne parvenant pas à le décrocher, il l'arracha dans son impatience, le porta à ses lèvres et le pressa sur son cœur avec effusion. Alors les suffocations redoublèrent ; le mourant put encore adresser quelques mots d'adieu à sa famille. Puis survint un spasme plus violent qui l'emporta. » (1)

Après ce récit, que j'écoutai avec une douloureuse émotion, nous échangeâmes quelques paroles, et M. Dupanloup s'éloigna. Je restai seul au milieu de cette foule :

(1) M. l'abbé Gerbet m'a confirmé la parfaite exactitude de tous ces détails.

Le lieu saint, la solennité, les chants, tout avait disparu pour moi.

Absorbé par mes réflexions, je repassais dans mon esprit cette belle vie couronnée par une fin si sainte; je songeais avec amertume à mes relations avec cet homme excellent, relations si récentes, dont la mort avait sitôt brisé le fil, et qui me laisseront néanmoins un impérissable souvenir. Heureux toutefois d'avoir pu les cultiver assez pour en ressentir et en conserver la salutaire influence! Il n'est, en effet, personne qui n'ait éprouvé comme moi, à un degré plus ou moins sensible, qu'en approchant cet homme de bien on se sentait devenir meilleur. On eût dit que l'âme respirait plus à l'aise dans cette sereine atmosphère de vertu et de piété au milieu de laquelle il vivait et où il vous élevait avec lui.

Je quittai Saint-Pierre, sans attendre la

fin de la cérémonie, et, rentré chez moi, j'écrivis à la hâte, sous l'effet de la première impression, la lettre suivante, que j'adressai, le jour même, à une feuille, organe sérieux et accrédité des sentiments et des intérêts catholiques :

« Une perte douloureuse et imprévue,
» qui sera vivement ressentie en France
» par tout ce qu'il y a d'esprits élevés et
» honorables appartenant aux diverses opi-
» nions, vient de plonger dans l'affliction
» la petite colonie française réunie cet
» hiver à Rome. Le noble, l'excellent
» comte de La Ferronnays a été enlevé
» presque subitement à sa famille et à ses
» nombreux amis.....

» Celui qui écrit ces lignes n'a pas eu le
» bonheur de vivre dans l'intimité de ce
» modèle accompli de l'homme d'honneur,
» de l'homme de bien, et, pour tout dire
» en un seul mot, du parfait chrétien; mais

» M. de La Ferronnays était de ces êtres » exceptionnels qui savent conquérir à » première vue le respect, l'estime et » l'affection de quiconque a en soi l'ins- » tinct du beau et du bon; il suffisait de » l'approcher pour se sentir irrésistible- » ment entraîné vers lui. Je laisse à de » plus heureux que moi la douce et con- » solante tâche de dérouler le tableau de » cette vie si honorablement, si utilement » remplie et terminée d'une manière si » sainte; de ce loyal caractère, auquel, » par une exception bien rare, il a été » donné de traverser intact nos temps dif- » ficiles; de signaler tout ce que cette âme » d'élite renfermait de sentiments géné- » reux, de solides vertus et de qualités » attachantes; de parler enfin de ce dé- » vouement entier, éclairé, exempt de » toute arrière pensée personnelle, que le » comte de La Ferronnays portait à un

» principe regrettable et à de grandes in-
» fortunes si noblement supportées. Crai-
» gnant d'empiéter sur les droits sacrés de
» l'amitié, je me bornerai simplement à
» mentionner les circonstances sous l'im-
» pression desquelles j'ai connu M. de La
» Ferronnays.

» C'était à l'occasion de la retraite prê-
» chée, dans la semaine de Noël, par
» M. l'abbé de Ravignan, dont il était
» l'ami. A son air d'attention avide, à la
» profonde sympathie qui se peignait sur
» ses traits émus, on eût dit que cette âme
» chrétienne s'élançait tout entière au de-
» vant des paroles de vie qui tombaient
» des lèvres de l'apôtre. Mais comment
» peindre tout ce que sa figure et son at-
» titude exprimaient au moment de la com-
» munion générale? Ceux qui ont vu alors
» M. de La Ferronnays ne sauraient désor-
» mais l'oublier, et son souvenir restera,

» pour eux, inséparablement lié à ces
» jours d'édification.

» Puisse cet hommage spontané, offert
» à sa mémoire par un homme qui lui fut
» presque étranger, apporter quelque
» adoucissement à l'amertume des regrets
» qu'il laisse après lui !

« Rome, 18 janvier 1842. »

Cette lettre est l'expression fidèle des sentiments que j'ai éprouvés dans cette circonstance; sentiments qui, je puis l'attester, ont été partagés par tous les Français alors à Rome, ainsi que par tous les étrangers qui avaient connu personnellement M. de La Ferronnays.

Avant cet événement, qui étendit comme un crêpe funèbre sur la société française, je voyais très fréquemment la digne amie de l'illustre défunt, la comtesse Charles de G***, liée avec lui par une intimité de vingt-cinq ans, qu'avaient cimentée de communes douleurs et une confiance réciproque. Cruellement éprouvée par des coups accablants et répétés, madame de G*** avait trouvé dans les sympathies de M. de La Ferronnays des consolations efficaces et de religieux encouragements. C'était plus qu'un ami, c'était un frère que pleurait en lui cette femme accomplie, désormais vouée à un inconsolable deuil.

Dès le lendemain, j'allai lui témoigner toute la part que je prenais à la nouvelle perte qui rouvrait des plaies si récentes et toutes saignantes encore. J'avais besoin aussi de parler et d'entendre parler de celui que *nous* venions de perdre; (qu'on me pardonne cette expression qui m'échappe!) chacun avait à raconter quelque exemple de vertu, quelque mot de lui, qui mettaient de plus en plus en lumière le haut degré de perfection auquel la pensée chrétienne, méditée profondément et assidûment appliquée, avait, en si peu d'années, élevé le comte de La Ferronnays. Madame de G*** nous rapporta, entre autres, les paroles suivantes, qu'elle avait retenues d'une conversation qui avait eu lieu quelques jours avant sa mort. Il y était question des joies ineffables du ciel : « Pour moi, dit M. de La Ferronnais, ce que j'y vois de plus ardemment désirable, c'est la douce certitude où l'on sera de ne pouvoir plus désormais offenser Dieu ! »

Voici un trait qui montrera à quel point il poussait la délicatesse de conscience, en ce qui touchait le prochain; ceci s'est passé devant moi.

Quelqu'un l'ayant prié de donner lecture d'une lettre, dans laquelle se trouvait exprimé, sous la forme de la plaisanterie, un blâme mérité contre un homme qu'il avait connu, M. de La Ferronnays s'en défendit, alléguant, en riant, qu'il avait été trop lié avec le pauvre M.... pour le livrer de la sorte.

Peu de gens ont réuni au même degré que lui les solides vertus du chrétien aux qualités aimables de l'homme du monde. Sa piété n'avait rien d'austère; sévère pour lui seul, il se montrait bon et indulgent pour tous. En sortant d'une église, où il avait été un objet d'édification, il contribuait plus que personne à l'agrément d'un salon, par son égalité d'humeur, ses excellentes manières et sa conversation facile et variée.

Un juge compétent en matière de spiritualité, M. l'abbé de Ravignan, qui connaissait bien son illustre ami, s'étonnait de cette ardeur de charité dont il le voyait embrasé, et avait dit de lui, à cette occasion : « Il est impossible que cette âme se » soutienne longtemps, sans un miracle, » à une pareille hauteur dans l'amour de » Dieu ! »

La mort s'est chargée trop tôt, hélas ! d'expliquer ces paroles significatives ; ce degré transcendant de vertu, auquel était parvenu M. de La Ferronnays, était un indice avant-coureur du prochain affranchissement de cette âme chrétienne qui aspirait à sa délivrance. C'était comme la dernière lueur éclatante que jette le flambeau prêt à s'éteindre, ou qui va, pour parler le langage de la foi, briller d'une plus pure splendeur dans une région plus haute et plus sereine, d'où il guidera, comme un phare tutélaire, ceux qui luttent dans l'orage et dans la nuit.

A la suite d'un de mes entretiens avec la comtesse de G***, je dus à une confiance dont j'ai senti tout le prix, et dont je suis profondément reconnaissant, la communication de deux lettres écrites, dans le courant de cette dernière année, par M. de La Ferronnays, à son amie succombant sous le coup de deux pertes irréparables (celle d'un mari et d'une sœur). Jamais l'amitié ne fit entendre un langage plus chaleureux ni plus dévoué; jamais elle ne sut choisir des formes plus délicates, plus remplies de ménagements, que dans ces admirables lettres, où le mot de mort ne se trouve pas une seule fois! Les consolations, les espérances puisées dans la foi la plus ferme et la plus confiante, y sont présentées avec une force de conviction et une hauteur de paroles qui sont de nature à en rendre l'effet certain sur toute personne pénétrée des vérités du christianisme. On dirait l'âme de S. Augustin, prodiguant tous ses trésors dans les épanchements intimes de la plus ardente, de la plus compatissante charité. Sans y penser, sans même le savoir, l'écrivain a rencontré sous sa plume les formes les plus heureuses; de ces formes qui vous échappent lorsque vous les cherchez, et il atteint, dans son élan, aux beautés oratoires de l'ordre le plus élevé. On retrouve, en un mot, S. Augustin dans le style, de même qu'on l'a trouvé dans les sentiments et les pensées.

Madame de G*** voulut bien encore me donner lecture d'une longue prière composée par M. de La Ferronnays à son usage particulier, et qu'il récitait chaque jour. Je n'en dirai que ce seul mot : c'est qu'on croit lire un chapitre retrouvé des sublimes confessions du saint évêque d'Hippone. C'est cette même chaleur d'âme, ce même entraînement passionné vers Dieu, cette même horreur de tout ce qui pourrait en éloigner désormais. La sainte douleur qui fait les élus s'y exprime en gémissements sortis des profondeurs de l'âme ; plus loin, l'amour et la reconnaissance y éclatent, comme un hymne d'actions de grâces.

Il est impossible à un chrétien de demeurer froid à une pareille lecture ; à mon émotion mal contenue, madame de G*** put se convaincre qu'elle n'avait pas mal placé cette précieuse marque de sa confiance.

Je dis précieuse, et sous plus d'un rapport ; en effet, j'ai été par elle mis à même de vénérer et de chérir, en parfaite connaissance de cause, la mémoire d'un homme vers lequel je me sentais irrésistiblement entraîné, mais que jusque là j'avais respecté et aimé sur la foi d'autrui et sur son honorable réputation.

On a dit devant moi, et je me suis refusé à le croire, que M. de La Ferronnays avait des détracteurs, et même des ennemis! Serait-il donc vrai, à la honte de l'espèce humaine, qu'il existât de ces âmes viles, haineuses et jalouses au point de haïr et de s'efforcer de ravaler à leur infime niveau tout ce qu'il y a de beau, de grand, de généreux, y voyant comme un reproche tacite, comme une condamnation toujours subsistante de leur propre bassesse? Serait-il vrai qu'il se trouvât de ces esprits misérablement ingénieux à tout désenchanter, et qui ont toujours en réserve quelque *mais* perfide au service des passions dénigrantes et des sentiments pervers? S'il en était ainsi, qu'ils fassent justice d'eux-mêmes; qu'ils se cachent et se taisent devant cette mémoire si généralement honorée, sur laquelle la mort a étendu son inviolabilité.

Ah ! qu'il vaut donc bien mieux se tromper du bon côté, je veux dire par excès de charité et de confiance ! qu'il vaut mieux s'abandonner sans résistance à cet heureux instinct du beau et du vrai qui élève l'homme, en le portant à admirer franchement, du moins, s'il ne lui est encore donné de faire mieux, tout ce qui est véritablement digne d'admiration et d'estime !

Les amis et les connaissances de la famille de La Ferronnays se pressaient, se succédaient dans cette maison de deuil pour y prier auprès du corps. J'y vins unir mes prières aux leurs, et de ma vie je n'oublierai l'impression des deux séances, je dirais presque des deux pélerinages que j'y fis.

C'est qu'en effet on ne quitte pas un pareil cercueil tel qu'on s'en est approché, c'est à dire sans en rapporter quelque grâce. Il est de foi qu'en pareil cas la prière ne demeure jamais sans résultat ; si elle est superflue pour celui à l'intention duquel elle est faite, son effet est reversible sur celui qui la fait, et, selon les paroles du Sauveur : « Sa paix retourne à lui. »

C'était le mercredi matin, 19 janvier ; on avait transformé à la hâte en chapelle ardente une pièce qui conservait encore les vestiges de sa récente destination. Nous étions dans ce même cabinet où, deux jours seulement auparavant, M. de La Ferronnays avait reçu, travaillé et prié ; car cette âme, constamment en présence de Dieu, priait partout et toujours. La famille en grand deuil, les amis également en noir, étaient agenouillés autour de ce cercueil, objet de tant d'amers regrets et d'espérances immortelles ; de ce cercueil d'où allaient découler des grâces si extraordinaires, et autour duquel devait rayonner bientôt l'auréole du prédestiné.

Des ecclésiastiques français, distingués, les uns par de rares talents, les autres par les succès obtenus dans l'art difficile de la direction des âmes, tous par leur angélique piété, quelques jeunes prêtres polonais, que M. de La Ferronnays secourait, étaient groupés auprès d'un autel improvisé, faisant leur action de grâces ou se préparant à officier à leur tour. L'expression profondément triste de leurs traits témoignait assez de la sympathie qui les unissait à ces fidèles, courbés sous le poids de l'affliction, et auxquels ils étaient accourus apporter les consolations et le secours de leur saint ministère. L'un d'entre eux, M. l'abbé Gerbet, offrait pour l'âme de celui qui avait été son ami le sacrifice de propitiation. Je n'ai jamais assisté à une messe célébrée avec plus de dignité, d'onction et entendue avec un plus parfait recueillement.

Parmi ces personnes agenouillées et priant avec la ferveur la plus touchante, on distinguait aisément la veuve inconsolable du comte de La Ferronnays; appuyée sur sa chaise et la tête cachée dans ses mains, elle s'efforçait vainement de retenir ses sanglots. C'était un tableau déchirant!...... Mais il changea de caractère dans l'instant solennel où cette famille et ces amis éplorés se présentèrent pour recevoir la communion. Madame de La Ferronnays s'avança en chancelant, soutenue par ses filles et par son amie, la comtesse de G***, et tenant à la main ce même crucifix que son mari avait pressé, pour la dernière fois, de ses lèvres mourantes. Alors le prêtre se retourna pour appeler d'en haut la bénédiction sur ces fronts prosternés; il bénit, à l'instar de son divin maître «*comme ayant autorité*», et avec cet air de pieuse commisération, cette émotion contenue qui sied si bien au ministre du Dieu des miséricordes dans l'exercice de ses augustes fonctions.

Il y avait un grand et salutaire enseignement dans cette bénédiction prononcée au nom du *Dieu vivant* « descendu du ciel » pour donner la vie au monde, » en présence des restes inanimés de ce juste. Saisi par un si frappant contraste, l'esprit se reportait à ces paroles, gage assuré d'immortalité : « Celui qui croit en moi, s'il était mort, vivra, et je le ressusciterai au dernier jour ! »

Vous le savez, Seigneur ! nul n'a cru en vous d'une foi plus ferme et plus confiante que celui autour duquel nous étions réunis en votre nom pour prier et pleurer.

Le saint prêtre se retourna de nouveau, tenant le prix de notre rédemption; il distribua le pain des forts à ces chrétiens abattus, mais non vaincus, puisqu'ils recevaient dans leur dénûment le Dieu dont l'apôtre a dit : « Je puis tout en celui qui » me fortifie. »

Non ! jamais le christianisme ne m'avait apparu aussi sublime, aussi paternel, aussi parfaitement approprié aux besoins et à la faiblesse du cœur de l'homme ! lui seul peut égaler l'efficacité des consolations à la grandeur des infortunes, et tempérer l'amertume des regrets par l'infaillible garantie des espérances.

En cet instant de recueillement général, chacun se sentit gagné d'une émotion qu'il ne fut plus possible de maîtriser. Les larmes coulèrent sans contrainte ; mais ces larmes étaient de celles dont Jésus-Christ a dit : « Bienheureux ceux qui pleu» rent ! » Et, par un effet merveilleux de cette promesse, la présence réelle du consolateur se faisait sentir à ces cœurs désolés avec une douceur ineffable.

A la faveur du mouvement causé par la communion, l'un des assistants glissa furtivement son livre de prières sur le pied du cercueil, pour consacrer par un gage, en quelque sorte matériel, le souvenir ineffaçable de cette matinée, qui se renouvela le lendemain avec ce même caractère touchant et si plein d'édification.

Peut-être se trouvera-t-il quelques personnes d'une délicatesse exagérée en fait de publicité, et disposées par là à me savoir mauvais gré d'avoir divulgué les détails qui précèdent. Je n'ignore pas que les regrets de famille, que la piété humble et fervente ont leur sainte pudeur, et je sais ce qu'on leur doit de ménagements; mais, dans le cas dont il s'agit, j'ai cru pouvoir, sans blesser des convenances que je respecte, parler de ce que tous ont vu et éprouvé. Ce qui se rattache à une fin si belle me semble dû à l'édification publique; et d'ailleurs, là où l'on prie autour d'un cercueil la vie privée cesse d'être *murée;* la mort ouvre toutes les portes au pieux empressement des chrétiens.

Pour ce qui est des lecteurs impatients qui trouveraient que je me suis trop longtemps arrêté sur les détails préliminaires, je leur ferai observer que tout ce que j'ai dit jusqu'ici de M. de La Ferronnays n'est rien moins qu'un hors-d'œuvre; son nom se rattache au fait de la conversion de M. Ratisbonne, comme la cause à l'effet, et il ne serait pas possible de les séparer dans ce récit sans courir le risque de le rendre moins complet et surtout moins clair.

Et puis, pour dire toute ma pensée, le spectacle d'une vie et d'une mort pareilles est à mes yeux un objet non moins consolant et non moins utile à faire connaître que la miraculeuse conversion à laquelle sont consacrées les pages qui vont suivre.

J'arrive enfin à la circonstance que quelques-uns appelleront fortuite, et que je regarde, moi, comme providentielle; à cette rencontre, à jamais bénie, par laquelle a commencé mon rôle de témoin dans cette série de faits d'un si haut intérêt que j'ai entrepris de raconter.

Le cercueil de M. de La Ferronnays devait être transporté, dans la soirée du jeudi 20, à l'église de sa paroisse; (*San-Andrea delle Fratte*) je m'informai s'il était d'usage à Rome d'accompagner le corps depuis la maison mortuaire jusque là : on me répondit que non, mais que les personnes qui voudraient rendre ce pieux hommage à M. de La Ferronnays pourraient se trouver à l'Église à l'heure indiquée pour l'y recevoir. J'y arrivai une demi-heure à l'avance ; il faisait déjà presque nuit. L'église, fort sombre, n'était éclairée que par les cierges de quelques moines qui allaient et venaient d'un air indifférent, attendant l'arrivée du convoi funèbre. En m'agenouillant dans un confessionnal, près de la place réservée au catafalque, je distinguai dans l'ombre, à deux pas de moi, un jeune homme prosterné contre la balustrade d'une des chapelles latérales. A son attitude profondément recueillie, à la ferveur de sa prière, je ne doutais pas que ce ne fût un parent, ou quelque ami de M. de La Ferronnays, arrivé à Rome probablement dans la journée, et venu là pour payer un dernier tribut de prières à celui qu'il ne devait plus revoir.

Au bout de quelques minutes, j'aperçus M. de Bussière, que je n'avais plus rencontré depuis la mémorable conversation du dimanche soir chez madame la princesse B......; il se dirigeait vers nous accompagné du sacristain, qui portait un cierge, à la lueur duquel je pus voir distinctement la noble et intéressante figure et la tournure élégante du jeune inconnu. M. de Bussière lui adressa à voix basse quelques paroles que je n'entendis pas, puis dit au sacristain, en italien d'étranger, dont je ne perdis pas un mot : « Voici un monsieur qui veut rester en prières auprès du corps jusqu'à dix heures ; quand vous fermerez l'église, vous l'y laisserez, et à dix heures précises je reviendrai le chercher. Dites-moi seulement à quelle porte je dois frapper, et soyez là pour m'ouvrir. » Après ces paroles, M. de Bussière s'éloigna ; le jeune homme reprit sa première position, et me parut bientôt aussi absorbé dans ses méditations que je l'avais vu auparavant. Un demi-quart d'heure après, je vis revenir M. de Bussière, amenant avec lui M. l'abbé Gerbet. Celui-ci tenait également à la main un cierge, ce qui me permit de ne rien perdre de ce qui passa. Son compagnon lui présenta l'inconnu, dont je n'entendis pas le nom, puis dit à celui-ci, en lui désignant l'abbé : « C'est M. Gerbet, l'ami et le confesseur du comte de La Ferronnays. » Aussitôt M. Gerbet serra avec effusion la main que lui tendit le jeune homme, qui s'inclina plein d'émotion, tandis que la physionomie du digne prêtre rayonnait de bienveillance et d'une joie céleste. Ces messieurs partis, l'étranger se remit à genoux, et je ne m'en occupai plus. Le corps fut apporté dans l'église, et, après quelques versets psalmodiés par les moines, chacun se retira.

Le service avait été annoncé pour le lendemain; je m'y trouvai placé justement à côté de mon inconnu de la veille. Il était en grand deuil, ce qui me confirma dans ma première supposition, d'autant plus que je remarquai en lui le même recueillement et la même émotion; de plus sa pâleur était extrême. Après le service toutefois, je fus frappé d'une circonstance qu'il me fut impossible d'expliquer; j'observai que ni le gendre de M. de La Ferronnays, ni aucun des amis de la famille, sauf M. de Bussière, ne lui parla et n'eut l'air de le connaître.

Sorti de l'église, pour me rendre chez la comtesse de G***, je trouve à la porte

M. l'abbé Gerbet qui m'arrête, me saisit par le bras, et me dit avec une expression de bonheur inexprimable : « Vous savez ce qui vient d'arriver ?.... Le miracle ? — Un miracle ! non, je ne sais rien. — La conversion de ce juif ? »

A ces mots je pensai : Ce sera sans doute quelque pauvre diable du *Ghetto*, qui aura voulu spéculer ainsi sur la réputation de sainteté de M. de La Ferronnays et les pieux regrets de sa famille.

« Et de quel juif ? demandai-je froidement. — Du jeune Ratisbonne, frère de l'abbé Théodore. » En entendant ce nom je devins attentif ; ayant habité Strasbourg, je connaissais la position de cette famille, et la considération dont elle jouissait. J'étais lié, en outre, avec l'abbé Ratisbonne, et, dans le premier moment, je présumai que son exemple, ses conseils, ses prières surtout avaient pu influer *naturell ment* sur cette détermination de son frère. (1)

M. Gerbet poursuivit son récit avec un accent de conviction qui m'ébranla, et le termina en me disant : «M. Ratisbonne était au service ; ne l'avez-vous pas vu?» Ces mots furent pour moi un trait de lumière ; le nouveau converti n'était autre que le mystérieux étranger qui m'avait tant frappé. Je pressentis la possibilité d'un miracle ; mais néanmoins je me promis de prendre d'exacts renseignements, de remonter à la source, de tout examiner avec maturité, et de ne pas admettre légèrement et sur parole un fait de cette importance.

J'allai aussitôt aux informations chez la comtesse de G***, point de réunion de la société française ; on ne s'y entretenait que du miracle ; chacun rapportait ce qu'il en

(1) Il l'avait fait inscrire depuis un an sur les registres, et recommandé aux prières de la célèbre archiconfrérie de Notre-Dame-des-Victoires.

savait. Quant au fait en lui-même et aux principaux détails, les récits concordaient parfaitement. Il était une circonstance d'un caractère mystérieux, et telle qu'on les voit souvent dans les vieux légendaires, sur laquelle on insistait beaucoup. M. Ratisbonne avait trouvé, disait-on, quelques jours auparavant, une bague, que lui avait donnée sa fiancée, brisée et gisant en deux morceaux au fond de sa boîte à bijoux. Je hasardai une timide objection : — Mais cette bague n'était peut-être que simplement faussée ? Aussitôt je me vis réfuté par trois ou quatre personnes à la fois. Si je mentionne ce fait, en apparence insignifiant, c'est parcequ'il donne l'idée de la disposition générale des esprits et de celle, plus méfiante, dans laquelle je me trouvais moi-même. (1)

(1) Cette circonstance, d'abord inexactement rapportée, s'explique d'une manière toute naturelle.

Le samedi 22 (surlendemain du miracle), je me rendis chez M. de Bussière, où je trouvai M. Ratisbonne, auquel il me présenta comme une connaissance de l'abbé Théodore. Je saluai avec cordialité ce nouveau frère, et nous commençâmes à causer de son étonnante conversion. Il voulut bien entrer avec moi dans toutes les explications que je pus désirer, répondre à mes questions nombreuses, et mettre sous mes yeux la lettre qu'il venait d'écrire à son frère l'abbé, et dont il me permit de prendre copie. Il me rapporta de mémoire plusieurs passages de celle qu'il avait adressée à son oncle de Strasbourg, pour l'informer de sa conversion. M. de Bussière, de son côté, ne se montra pas moins obligeant ni moins communicatif; il eut la bonté de me lire la relation circonstanciée qu'il venait de terminer pour son ami l'abbé Ratisbonne, et m'autorisa à la copier.

Alors pour moi « la lumière se fit ; » dès ce moment je vis clair dans cette miraculeuse histoire, et il ne resta plus dans mon esprit aucune hésitation. Il n'y avait plus moyen de s'en défendre : moi aussi j'étais converti, et ma conviction s'était irrévocablement formée.

Le jour suivant, je revins chez M. de Bussière prendre copie de sa lettre à l'abbé. M. Ratisbonne écrivait à la même table, et nous nous interrompions fréquemment, moi pour lui demander, lui pour me donner des explications. C'est cette première narration de M. de Bussière, pleine de vie et d'actualité, qui formera la base de mon récit ; j'y joindrai les détails que plus tard j'ai recueillis de sa bouche, de celle de M. Ratisbonne lui-même, ainsi que de quelques autres avec lesquels celui-ci s'est trouvé, dans les premiers moments, en rapports immédiats. Je ferai parler les divers personnages, selon que j'en sentirai le besoin pour la rapidité et la plus grande clarté de mon récit, me portant garant, toutefois, de la parfaite exactitude des paroles que je mettrai dans leurs bouches. Je réunirai et grouperai dans le même but les circonstances de détail, de manière à former de ces rayons épars un foyer de lumière qui puisse faire apparaître dans tout leur jour le fait principal et les faits accessoires qui l'ont préparé, qui l'expliquent, et le confirment. J'espère par là réussir à rendre de la dernière évidence ce qui pour moi ne saurait plus être désormais l'objet d'un doute.

Je préviens, au reste, le lecteur qu'il ne doit pas s'attendre à trouver ici de nouveaux détails, des circonstances non encore connues. J'ai travaillé sur les mêmes matériaux que M. de Bussière, et je n'ai pas la prétention d'en savoir plus que lui, qui a été le premier, le continuel témoin ; disons mieux, l'agent de tout ce qui s'est passé. La seule différence qui pourra se trouver entre nos deux récits sera celle qui résulte nécessairement de nos personnalités diverses ainsi que de nos positions respectives, et l'uniformité qu'on y remarquera sera une preuve de plus de leur scrupuleuse exactitude.

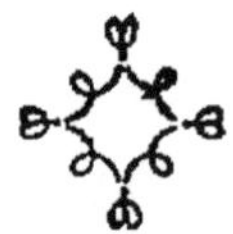

M. Alphonse Ratisbonne, frère puîné de l'abbé du même nom, (il a 28 ans) avait récemment quitté Strasbourg pour faire une excursion en Orient. Il devait être de retour chez lui vers la fin de l'été, époque fixée pour son mariage avec sa nièce, à laquelle il venait de se fiancer.

Arrivé directement de Marseille à Naples, il ne songeait nullement à visiter Rome, malgré les conseils que lui donnaient ses amis de profiter de la proximité où il se trouvait pour y faire un séjour de quelques semaines. Un matin il était sorti de chez lui dans l'intention d'aller assurer sa place au bateau à vapeur en partance pour Malte, lorsque, passant devant le bureau des diligences de Rome, il changea brusquement d'idée, et sans raison aucune, dit-il, sans pouvoir assigner un motif plausible à un changemeut aussi subit de détermination, il entra et se fit inscrire pour le plus prochain départ. « Il semblait qu'une main invisible, nous a-t-il répété depuis, me poussât vers Rome en quelque sorte malgré moi. »

Après avoir séjourné quinze jours dans cette ville, il songea à en repartir, et crut qu'il serait poli d'aller voir M. Théodore de Bussière, l'ami de son frère, qui d'ailleurs pourrait lui donner quelques renseignements utiles sur l'Orient. Il se rendit donc chez lui, le samedi 15 janvier; mais, en montant l'escalier, il ne vit plus que la gêne et l'ennui d'une première visite faite à un homme qu'il connaissait à peine, et espéra bien en être quitte pour une carte. Il n'en fut pas ainsi ; le domestique l'introduisit au salon, « où j'entrai fort à contre-cœur, dit-il, et ne pouvant pas faire autrement. » Effectivement, le comte de C***, ami de M. de Bussière, qui était présent, m'a confirmé que M. Ratisbonne avait, en entrant, l'air d'un homme visiblement contrarié.

M. de Bussière mit dès le début la conversation sur Rome, et demanda au frère de son ami ce qu'il avait déjà vu. « J'ai vu entre autres choses, répondit celui-ci, la vieille église d'Aracœli sur l'emplacement du Capitole, et j'avoue qu'elle a produit sur moi une impression extraordinaire et tellement forte, que mon valet de place, s'en étant aperçu, m'a demandé si je ne voulais pas sortir pour prendre l'air. Non, non ! restons encore un moment, lui répondis-je tout troublé. »

Toutefois M. Ratisbonne protesta que cette impression avait été purement religieuse et nullement catholique. Pour en mieux convaincre M. de Bussière, il ajouta qu'étant revenu à son hôtel par le *Ghetto*, il avait été si frappé de la misère de ses malheureux coreligionnaires, de leur dégradation et du mépris dont ils paraissaient être l'objet; qu'il avait ressenti en ce moment un redoublement de haine contre la religion catholique. « J'écrivis à cette occasion à ma sœur, ajouta-t-il, que j'aimais mieux être parmi les persécutés que parmi les persécuteurs. »

Quoi qu'il en soit, il a observé que pendant qu'il parlait à M. de Bussière de son impression d'Aracœli il avait vu comme un éclair briller dans ses yeux, et que son regard semblait lui dire : *Tu es à moi.*

Obéissant de confiance à ce prophétique pressentiment, M. de Bussière entama le chapitre religieux, et chercha à faire entrevoir et goûter à son jeune visiteur quelque chose des vérités du christianisme. Mais il se vit reçu d'une manière peu encourageante; M. Ratisbonne fit valoir les motifs nombreux et déterminants qu'il avait de rester juif : les juifs pouvaient désormais arriver à tout en France; il venait d'être admis comme associé dans la grande maison de banque qui portait son nom, et de plus il était fiancé à une juive, sa parente, jeune, belle et riche, qu'il aimait et dont il était aimé; il se trouvait, d'ailleurs, à la tête de toutes les œuvres juives de sa ville natale, ayant pour but la régénération de ses coreligionnaires. Enfin il ne dissimula pas à M. de Bussière le peu de penchant qu'il éprouvait pour le catholicisme, et il se hâta de rompre une conversation qui n'était nullement de son goût par ces mots : « Je suis né juif, je mourrai juif ! » Après quoi il se prépara à prendre congé; et cependant il ne pouvait se décider à sortir. « Je me sentais comme cloué sur ma chaise, » a-t-il dit depuis. Toutefois il se leva en annonçant qu'il allait quitter Rome le surlendemain ; sa place était déjà retenue. M. de Bussière, qui s'était senti saisi au premier abord d'un vif intérêt pour le frère de son ami, et qui avait ses vues sur lui, s'efforça de le décider à prolonger son séjour. On ne pouvait pas raisonnablement partir de Rome, lui dit-il, sans avoir vu le pape, qui officiait à Saint-Pierre dans le courant de la semaine ; ce dernier argument parut faire quelque effet sur M. Ratisbonne, qui pourtant ne s'engagea point à rester.

Au moment où il allait sortir, M. de Bussière lui dit : « Puisque vous êtes un esprit si fort, vous ne ferez sans doute aucune difficulté d'accepter cette médaille de la sainte Vierge, que je vous prie de porter en souvenir de moi. »

M. Ratisbonne s'en défendit quelque temps, puis enfin, pour se débarrasser de ces importunités, il accepta afin de prouver que les juifs n'étaient pas aussi entêtés qu'on le prétendait. « Et après tout, ajouta-t-il, si cela ne peut faire grand bien, cela ne peut toujours pas faire de mal ! D'ailleurs, regardant votre médaille comme un pur enfantillage, j'aurais mauvaise grâce à ne pas la prendre, puisque cela vous fait plaisir ! » En achevant ces mots il se la passa effectivement au cou, en riant aux éclats et en faisant maintes plaisanteries.

M. de Bussière, enhardi par ce premier succès et cédant à son insu à un mouvement d'indiscrétion tout apostolique (1), M. de Bussière, dis-je, ne s'en tint pas là, et pressa son jeune ami d'accepter aussi et de réciter une fois chaque jour une prière célèbre de S. Bernard à la Vierge (le *Memorare*) dont l'efficacité était reconnue. Le vieux sang juif de M. Ratisbonne se révolta à cette proposition : « Elle me parut, dit-il, aussi déplacée, aussi inconvenante que possible ; ce monsieur, pensai-je, me force à prendre sa médaille, et voilà qu'il pousse l'importunité jusqu'à vouloir que je récite une prière à la Vierge ! et mais que dirait-il si j'allais lui proposer, moi, de répéter une prière en hébreu ! »

Néanmoins, vaincu de nouveau par l'insistance de M. de Bussière, et cédant peut-être à la mystérieuse impulsion de cette

(1) « *Increpa opportunè, importunè* » a dit S. Paul.

main invisible qui l'avait malgré lui poussé à Rome, et mis forcément en contact avec son futur convertisseur, il finit par accepter le papier que celui-ci lui présentait. « Mais je ne possède que ce seul exemplaire, lui dit M. de Bussière, qui voulait, par cette ruse, le contraindre à lire au moins la prière; ayez donc la complaisance de le copier et de me le rendre. » M. Ratisbonne en prit l'engagement et sortit, se promettant bien, écrivait-il à ses parents, de faire de la médaille *miraculeuse* et de la prière *infaillible* un chapitre amusant et comique de ses notes et impressions de voyages.

Rentré chez lui, il copia donc le *Memorare*, puis le lut et relut, s'efforçant de découvrir ce qu'il y avait là de « si remarquable. » Il fit tant, qu'il sut cette prière par cœur, et qu'il allait la répétant malgré lui, dit-il, « comme un air d'opéra qui vous est resté dans la mémoire, que vous chantez et rechantez sans cesse malgré vous, et tout en vous impatientant ! »

Le lendemain, dimanche, veille de son départ arrêté, M. Ratisbonne retourna chez M. de Bussière pour lui rendre son *Memorare* et lui faire définitivement ses adieux. La conversation fut de nouveau remise sur les matières religieuses ; M. de Bussière devenait plus pressant ; M. Ratisbonne paraissait mal à l'aise, et son agitation était visible. « Je suis troublé ! » s'écria-t-il à diverses reprises. Il interrompit son interlocuteur par ces mots, prononcés d'un ton d'impatience : « Sorcier ! magicien !!! » Puis, quelques instants après, il lui dit : « Comment donc ! vous ne me connaissez que depuis vingt-quatre heures, et vous me forcez à entendre des choses que mon frère n'oserait pas me dire ! » et M. de Bussière continuait imperturbablement à s'acquitter de sa mission d'apôtre, le laissant, , suivant la belle expression du Père Lacordaire, « se débattre contre le vent du ciel, en attendant la main qui devait le cueillir dans sa maturité. » (1)

Cette impression, toutefois, dura peu. Le surlendemain, M. de Bussière ayant entamé le même chapitre de conversation, M. Ratisbonne, après l'avoir écouté froidement, répondit de ce ton moqueur et léger qui lui était habituel : « Je songerai à tout cela quand je serai à Malte ; j'en aurai le temps : j'y dois passer deux mois ; ce sera bon pour me désennuyer. »

Après cette seconde visite, M. Ratisbonne se leva pour prendre définitivement congé. Vous ne partirez pas ! lui dit M. de Bussière de grand sang-froid. —

(1) Vie de S. Dominique, chap. XIV, p. 263

Mais ma place est payée ! — Nous allons la décommander. Je vous demande en grâce encore huit jours, après lesquels vous serez libre de vous en aller. D'ailleurs il faut absolument voir le pape officier à cette fête de la chaire de Saint-Pierre, qui est magnifique. » Et M. Ratisbonne céda encore, ainsi qu'il avait cédé jusqu'alors !

Ce fut ce même jour du dimanche, 16, que M. de Bussière, dînant chez madame la princesse B*** avec son ami M. de La Ferronnays, lui parla le soir de ses deux entretiens avec M. Ratisbonne. C'était là cette conversation mentionnée plus haut, et que j'arrivai malheureusement trop tard pour entendre. J'emprunte ici les propres paroles de M. de Bussière : « Le comte de La Ferronnays écouta mon histoire avec un intérêt indicible, et promit de prier, de prier beaucoup pour la conversion de mon cher Israélite, ainsi que pour celle de sa famille. Ayez confiance, ajouta-t-il en finissant, puisqu'il dit le *Memorare*, vous le tenez ! »

Et ce n'était pas là une de ces impressions du moment qu'efface une impression nouvelle. M. de La Ferronnays, rentrant le soir chez lui, y trouva M. l'abbé Gerbet, et ne l'entretint, pendant une demi-heure, d'autre chose que du « juif de Bussière, » dont il était vivement et exclusivement préoccupé; puis il dit : « Il faut prier beaucoup à son intention. »

Le lendemain 17, jour de sa mort, M. de La Ferronnays alla entendre la messe à sa paroisse, où il resta longtemps en prières devant l'autel de la Vierge. Le soir, il dit à madame de La Ferronnays : « J'ai bien répété plus de cent fois le *Memorare* aujourd'hui ! » Mais il n'exprima pas que ce fût spécialement à l'intention de M. Ratisbonne.

Il n'existe donc pas de preuves directes, positives qu'il ait prié pour sa conversion en ce jour suprême; mais on arrive, par induction, à la certitude morale qu'il a dû *nécessairement* en être ainsi. En effet, il est de toute impossibilité que la pensée de charité qui, la veille, s'était si fortement saisie de cette âme chrétienne, s'en fût effacée aussi promptement, sans qu'il en fût resté aucune trace le lendemain. M. de La Ferronnays a donc prié pour « le juif de Bussière » le jour de sa mort; c'est là un de ces faits dont tout homme sensé peut dire hardiment : Je n'en sais rien, mais j'en suis sûr !

Ici je demande la permission de m'effacer, comme auteur, pour n'être plus que copiste, et de faire passer devant moi l'agent providentiel du miracle, qui en est en même temps l'historien naturel. Je vais reproduire textuellement la fin de la lettre de M. de Bussière à l'abbé Ratisbonne, dans l'intérêt bien entendu de mon sujet, comme de mes lecteurs; car il y a, selon moi, dans le pronom personnel employé par un témoin occulaire, une puissance d'actualité, un élément de crédibilité (qu'on me passe ce barbarisme!) dont rien ne saurait tenir lieu.

« . . . .

. . . . Après la mort de M. de La Ferronnays, je consacrai à sa famille, que je regarde comme la mienne, les journées et une partie des nuits suivantes. Je trouvais toutefois encore moyen de consacrer chaque jour une ou deux heures à Alphonse, dont je m'efforçais de porter la pensée sur les vérités chrétiennes. J'avais peu de succès; ce que je disais était reçu froidement, et

Il répondait souvent par un jeu de mots à ce qu'il appelait *mes rêveries*. Pourtant je ne me décourageais pas, et votre frère, étonné de ma tranquillité, ne savait comment la faire cadrer avec le désir ardent que j'avais de le convertir. Il me fit même à ce sujet une plaisanterie, à laquelle je répondis que, plein de confiance dans les promesses de Dieu, et le voyant de bonne foi, j'étais sûr qu'il serait un jour catholique, quand bien même il lui faudrait un ange pour le convertir.

« Un instant après, nous passâmes devant la *Scala santa*; je m'écriai alors, en soulevant mon chapeau : Salut, escalier saint! voici un juif qui vous montera quelque jour à genoux! A ces paroles, Alphonse se mit à rire aux éclats, d'un rire vraiment diabolique.

« Je le quittai, en lui donnant rendez-vous pour le lendemain (jeudi 20) à une heure, et je retournai chez les La Ferronnais. Là, agenouillé auprès du cercueil, je priai instamment ce bien aimé défunt de m'aider à convertir mon jeune ami, si déjà il était au séjour des bienheureux.

« Le jeudi, votre frère n'étant pas chez moi à l'heure convenue, j'aillai le chercher; je le rencontrai en chemin, le fis monter dans ma voiture, et lui proposai une promenade, le priant seulement de venir avec moi jusqu'à l'église de *Sant-Andrea delle Fratte*, où j'avais une commission à faire. Lorsque nous y entrâmes, Alphonse aperçut les préparatifs du service funèbre du soir, et me demanda pour qui c'était. C'est, répondis-je, pour M. de La Ferronnays, de la mort duquel vous me voyez si affligé depuis trois jours. Il écouta ma réponse d'un air d'indifférence, et se mit à se promener froidement dans l'église. En le quittant je lui criai de loin : Ne vous impatientez pas! je suis à vous dans un moment.

« Je montai dans le cloître pour l'affaire qui m'y amenait, et j'y restai dix à douze minutes. Lorsque je descendis dans l'église je n'y vis plus d'abord votre frère, que je finis par découvrir agenouillé devant la chapelle de l'Ange-Gardien. Je m'approche de lui, je le pousse par trois fois, avant qu'il s'aperçoive de ma présence; enfin il relève la tête, tourne vers moi un visage baigné de larmes, et me dit, en joignant les mains et avec un accent impossible à rendre : *Oh! comme ce monsieur a prié pour moi!*

« Puis il tire de sa poitrine la médaille miraculeuse qu'il couvre de baisers et de larmes, et s'écrie : Mais dites moi........

Je ne suis pas fou... Je suis bien dans mon bon sens, n'est-ce pas? Mon Dieu! mon Dieu! oh non! je ne suis pas fou.... tout le monde le sait!

« Mais qu'avez-vous donc? lui demandai-je, pressentant un miracle. — Je ne sais..... il se passe en moi quelque chose d'extraordinaire... Je veux être catholique et baptisé le plus tôt possible! Allons, allons! montons en voiture! menez-moi sur-le-champ chez un confesseur; ce n'est qu'avec la permission d'un prêtre que je m'expliquerai davantage : ce que j'ai à dire, je ne puis, je ne dois en parler qu'à genoux!

« Je le ramène à son logement; les seules paroles que je puis tirer de lui dans le trajet sont celles-ci : Ah! que je suis heureux! que Dieu est bon! quelle plénitude de grâces et de bonheur!

» Sur sa demande réitérée, je me hâte

de le conduire au Père de Villefort. Là il tire de nouveau sa médaille, la baise, nous la montre avec transport en s'écriant : Je l'ai vue ! je l'ai vue !

« Le Père de Villefort lui ordonne de parler, et voici ce qu'il nous dit : J'étais seul dans l'église, auprès d'une chapelle à droite. Lorsque tout à coup l'édifice a disparu à mes regards. Je n'ai plus vu qu'une seule chapelle tout éclatante de blancheur, en face de celle à laquelle j'étais adossé. Là m'est apparue une femme admirable, grande, brillante, pleine de douceur et de majesté comme la Vierge de ma médaille ; je me suis senti poussé vers elle par une force irrésistible ; elle m'a fait signe de la main de m'agenouiller, de ne pas résister ; puis un autre signe, comme pour me dire : C'est bien !..... Je me suis prosterné le visage contre terre.... ELLE

NE M'A RIEN DIT, MAIS J'AI TOUT COMPRIS ! »

J'ai tout compris! Voilà le mot caractéristique, je dirais presque, le mot sacramentel du miracle, annoncé par ces autres paroles significatives, les premières qu'aït proférées M. Ratisbonne : « Oh ! comme ce monsieur a prié pour moi ! » Ce mot, jamais un imposteur ne fût parvenu à l'inventer; un fou ne l'eût jamais trouvé par hasard. Il résume et la nature miraculeuse du moyen, et celle non moins merveilleuse du résultat, je veux dire l'intervention personnelle de la sainte Vierge, et, ce qui en a été la conséquence, l'illumination instantanée d'un esprit jusque-là obscurci par les ténèbres du judaïsme; la transformation soudaine, complète, sans gradation, sans transition préparatoire, du juif hostile et persécuteur en catholique fervent, animé d'une foi inébranlable, d'une charité ardente et devouée. Oh! oui certes, *il a tout compris* l'homme qui a été initié d'un seul coup au sens profond du dogme catholique, à ce qui en constitue l'esprit et la substance ; qui a *compris*, dans cet instant solennel où la grâce l'a éclairé, et le mystère de la communion des saints, et l'efficacité de leur invocation, et la puissance de l'intercession de la Mère du Sauveur ; celui enfin qui a reconnu et accepté, avec une filiale soumission, le principe nécessaire, et par conséquent infaillible, de l'autorité !

Il a tout compris par l'intelligence, ajoutons aussi par le cœur ; car le second sentiment qu'il ait éprouvé, dans cette phase rapide de régénération, a été une profonde, une immense douleur, en songeant à ceux qui avaient le malheur de n'être pas catholiques, et surtout à sa famille. Ainsi la charité descendait dans son âme presque au même instant que la foi ; la troisième des vertus théologales, l'espérance, devait y luire quelques moments plus tard.

Avant de terminer cette narration, mentionnons encore une circonstance accessoire, qui a son importance, en ce qu'elle se rattache au fait principal, et porte ce même caractère de merveilleux qui le distingue. Je l'emprunte à la lettre de M. de Bussière à M. l'abbé Ratisbonne que je copie pour la dernière fois : « Alphonse nous a avoué, au Père de Villefort et à moi, que la nuit qui avait précédé le miracle il n'avait pu dormir, et avait vu constamment devant lui une grande croix sans crucifix et d'une forme particulière ; qu'il avait fait d'incroyables efforts pour chasser cette image, sans jamais y parvenir. Quelques heures après, voyant par hasard et *pour la première fois* le revers de la médaille miraculeuse, il y a reconnu sa croix. » On se convaincra, par ce qui suit, qu'il n'y avait eu dans la disposition de son esprit, non plus que dans ses occupations de la veille, quoi que ce fût qui pût motiver une vision aussi étrange et aussi obstinée. En lui le juif était encore intact et plein de vie, et rien dans ses paroles ni dans ses actions ne faisait pressentir le chrétien.

Il est très important de bien constater ce qu'a été M. Ratisbonne, afin de faire mieux comprendre ce qu'il est devenu; d'établir d'une manière irréfragable ce fait miraculeux de sa vie morale et religieuse, brusquement scindée en deux, pour ainsi dire, et renouvelée de fond en comble. Je puiserai mes preuves dans mes conversations avec lui, dans ses propres aveux et dans les fragments de ses lettres, dont il m'a donné connaissance. Plus tard je produirai le témoignage concluant d'un de ses anciens camarades de pension, M. Edmond Humann, qui l'a vu et s'est entretenu avec lui une demi-heure avant l'événement de l'église de *Sant-Andrea delle Fratte.*

Pour peu que l'on cause avec Marie Ratisbonne, on ne tarde pas à s'apercevoir qu'on a affaire à l'une de ces âmes neuves, candides, naturellement portées au bien, qui ont eu le bonheur d'échapper à la contagion mortelle du sensualisme, et ne se sont encore ni usées, ni salies au contact des choses et des intérêts matériels. Il s'est conservé *le cœur pur,* et c'est pour cela qu'il devait *voir Dieu* tôt ou tard. Au reste, si ce jeune homme avait vécu sans religion, il était loin néanmoins d'être dépourvu du sentiment religieux, dont l'absence dénote toujours, selon moi, une organisation incomplète ou malade. Chez lui ce sentiment était profond, vivace, et il en avait la conscience; mais jusqu'ici il n'avait ni cherché, ni trouvé à le satisfaire en le formulant dans une croyance positive, n'ayant lu aucun ouvrage qui eût pu l'éclairer, le guider, résoudre ses doutes et développer, en un mot, le précieux germe qui dormait au fond de son âme. C'était à sa nationalité juive plutôt qu'au judaïsme qu'il tenait de cœur, et la pratique de sa religion, bien éloignée de suffire aux besoins de son cœur et de son intelligence, le rebutait au contraire. « Cette religion dans laquelle nous vivons, ou plutôt sommes censés vivre, me disait-il, ne peut aboutir qu'à une absurdité ou à une impossibilité. »

Il y avait donc là table rase en fait de croyance ; mais les matériaux, le plan et la volonté surtout lui manquant, M. Ratisbonne ne pouvait rien édifier sur les ruines du judaïsme. C'est qu'il avait aveuglément rejeté cette « pierre angulaire » qui, selon la belle expression de Fénelon, « porte et unit toute l'édifice de la maison de Dieu. » Pour bâtir il faut fonder, et il n'avait point encore creusé assez profondément pour rencontrer le roc.

Après tout, il ne se sentait nullement pressé de sortir de cet état d'incertitude et d'attente, qui lui pesait peu. Il éprouvait, en outre, pour le christianisme une répulsion marquée et profondément enracinée; un protestant, son ami le plus intime, qui travaillait depuis plusieurs années à l'amener à sa croyance, découragé de l'inutilité de ses efforts, disait de lui peu de jours avant sa conversion : « C'est un juif encroûté, dont on ne peut rien faire, dont on ne fera jamais rien ! » Et toutefois, à la suite d'une de leurs discussions, M. Ratisbonne lui avait assuré que, si jamais il lui prenait fantaisie de changer de religion, il pencherait de préférence vers le protestantisme, la religion catholique lui paraissant tellement absurde qu'il ne comprenait pas que deux prêtres de cette communion qui venaient à se rencontrer pussent se regarder sans rire, à l'exemple des anciens augures.

En voilà assez pour faire connaître la disposition générale de son âme antérieurement à l'époque qui devait décider du reste de sa vie. Quant à celle qui a précédé plus immédiatement sa conversion, je suis en mesure de fournir quelques témoignages, quelques indices précieux et de nature à la faire apprécier.

Une des premières questions que j'adressai à M. Ratisbonne eut pour objet de savoir dans quelles relations il était avec son frère l'abbé, afin d'être à même de déterminer la part d'influence que celui-ci avait pu exercer sur sa conversion. « Depuis que Théodore s'était fait chrétien et prêtre, me répondit-il, j'ai été celui de toute la famille qui me suis montré le plus violent, le plus animé contre lui; nous étions brouillés à mort; moi du moins je le haïssais, car lui m'avait pardonné. L'année dernière, un enfant de mon frère mourut presque en venant au monde; l'abbé, qui était présent, voulut le baptiser au dernier moment; je fus comme un furieux, et l'en empêchai..... Plus tard tout ce que je pus prendre sur moi fut de lui écrire, à l'occasion de mes fiançailles, une petite lettre bien sèche. »

Son séjour à Rome, ses relations avec M. de Bussière, paraissaient n'avoir rien diminué de cette antipathie invétérée, de cette aigreur qu'il avait manifestées en toute occasion contre le christianisme. « J'avais bien conservé, comme toujours, dit-il dans une de ses lettres, un certain sentiment religieux; mais je me sentais tout aussi antichrétien, aussi anticatholique surtout et plus encore peut-être que je ne l'étais à Strasbourg ! » L'avant-veille du miracle, il avait eu avec son ami le protestant une discussion violente, dans laquelle il avait parlé du christianisme avec tout le mépris et la colère que la religion du *Christ* peut inspirer aux plus opiniâtres des descendants de ses persécuteurs. Sa correspondance se ressentait de cette disposition hostile, et dans une lettre subséquente il fait remarquer le contraste frappant qu'elle offre avec les blasphèmes que contenaient ses premières lettres datées de Rome, « blasphèmes qui, au reste, n'étaient que la conséquence logique de mes précédents. »

Deux ou trois jours avant celui où sa conversion eut lieu, il causa avec son ami de la solennité papale (1), pour laquelle

(1) La fête de la chaire de S. Pierre.

il avait prolongé son séjour à Rome, et s'en montra fort peu satisfait, encore moins touché, faisant maintes plaisanteries sur les choses et les personnes.

Le jour même du miracle, il entra vers midi au café de la Place d'Espagne, où il rencontra son ancien camarade, M. Edmond Humann, « qui peut attester, dit-il, que j'étais dans une disposition d'esprit parfaitement calme, enjoué et plaisantant comme à mon ordinaire. »

Laissons parler M. Edmond Humann : «Je trouvai par hasard Ratisbonne, le jeudi 20, vers midi et demi, au café, et il ne me parut certes pas en disposition religieuse, ni en humeur de se faire catholique. Je le connais depuis longtemps ; il était d'un caractère froid, nullement enthousiaste, et pour quiconque l'a fréquenté un peu il est impossible d'attribuer sa conversion à des considérations humaines.

D'ailleurs, il est extrêmement vrai qu'il avait toutes les raisons possibles pour rester juif. »

« Nous causâmes, dit M. Ratisbonne, des cancans de Paris, du recensement, de la politique du jour, de son père, et puis je le quittai pour me trouver au rendez-vous que M. de Bussière m'avait donné la veille, et refaire avec lui une de ces promenades qui m'ennuyaient. »

Une demi-heure après M. Ratisbonne était chrétien !

« Que s'était-il donc passé pendant ce court intervalle ? dit-il dans une de ses lettres. J'étais entré dans cette église, je vous le jure, aussi juif qu'à Strasbourg, pendant ma vie entière, plus encore peut-être, et quelques minutes plus tard j'en sortais catholique fervent, prêt à renoncer, s'il le fallait, à tout en ce monde. »

Il me semble qu'après le miracle arrivé

voici dix-huit siècles, sur le chemin de Damas, il n'en existe pas de plus frappant que celui-ci, et nul autre ne me paraît plus historiquement démontré.

La conversion de M. Ratisbonne offre avec celle de S. Paul des rapports qu'on ne saurait méconnaître. Comme celle-ci elle paraissait être *logiquement impossible* quelques minutes avant qu'elle s'accomplît, et pour quiconque se place au point de vue des rationalistes elle restera tout à fait inexplicable ; il n'y a qu'un coup de foudre de la grâce qui suffise à en rendre raison.

Frappé de cette conformité si évidente, M. l'abbé Gerbet dit deux jours après au nouveau converti : « Une chose pareille est arrivée il y a dix-huit cents ans à un homme de votre nation qui se nommait Saul. — Oui ; on m'en a déjà parlé, répondit Marie Ratisbonne ; mais je ne le connais pas ! »

Maintenant, nous le demandons aux hommes de bonne foi, est-il possible de méconnaître dans ce que nous venons de raconter la trace évidente du doigt de Dieu? Les voies de sa providence, ordinairement mystérieuses et cachées, apparaissent ici à découvert. Ce jeune homme, après avoir par trois fois annoncé à sa famille son départ prochain pour l'Orient, de trouve, sans pouvoir se rendre compte de ce qui se passe en lui, ni assigner un motif plausible à ce changement subit de détermination, transporté à Rome où il ne voulait pas venir ; c'est Rome qui l'attire; c'est vers Rome qu'il gravite irrésistiblement. Comme l'apôtre avec lequel sa vocation miraculeuse lui donne des rapports si frappants, ce qu'il veut, il ne le fait pas; ce qu'il ne veut pas, il se sent contraint à le faire. Décidé à partir pour Malte, c'est à Rome qu'il arrive! Bientôt la capitale du monde chrétien, cette Rome, qu'à ce seul titre il maudissait il n'y a qu'un moment, apparaît à ses yeux désillés le centre de tout ce qui est beau, de tout ce qui est grand, de tout ce qui est éternel!..

« A Rome, sans maîtres, sans livres, il aura plus appris en quelques heures, dit-il, qu'il n'aurait pu apprendre dans une vie entière s'il n'y fût venu!..... » C'est que la sagesse éternelle elle-même a pris soin de l'instruire; le Seigneur a envoyé son Esprit saint, et il s'est opéré en lui une création nouvelle. Sous l'influence de son souffle régénérateur, le vieil homme s'est anéanti tout à coup pour faire place à l'homme nouveau, auquel un instant a suffi pour s'élever à la hauteur et à la force de la virilité chrétienne la plus complète. M. Ratisbonne semble avoir embrassé l'ensemble du catholicisme d'un seul coup d'œil par la simple intuition, à l'aide d'un rayon émané spécialement pour lui du flambeau de la révélation.

Mais d'où vient, dira-t-on, que Dieu déploie tout ce luxe de moyens pour sauver une seule âme? Pourquoi ces grâces si extraordinaires, cette intervention miraculeuse, cette suspension des lois de la nature en vertu de laquelle s'est opérée dans l'existence de M. Ratisbonne une solution de continuité, une métamorphose si contraire à l'ordre logique des phénomènes intellectuels? Comment cet homme avait-il donc mérité de se voir l'objet de faveurs si spéciales, si exceptionnelles?

M. Ratisbonne se charge de la réponse : « Dieu a vu que j'avais une grande sincérité dans le cœur, et il a permis qu'un ange gardien vînt me prendre visiblement par la main pour me conduire au vrai bonheur, c'est à dire à la vérité. » Ainsi se sont vérifiées ces paroles prophétiques de M. de

Bussière, citées plus haut : « Comme vous êtes de bonne foi, je suis fermement convaincu que vous serez un jour catholique, quand bien même il faudrait un ange pour vous convertir ! »

Voici pour le motif du miracle : quant au moyen, M. l'abbé de Ravignan nous l'avait fait connaître d'avance. « La prière, avait-il dit dans une de ses instructions, la prière qui réunit certaines conditions indispensables, fait une sainte violence à la volonté de Dieu, et met, en quelque sorte, sa toute-puissance aux ordres de la charité du chrétien. »

Or, on sait quel était le chrétien qui a prié en cette occasion, et prié « sans hésiter dans son cœur ! » On n'aura pas non plus oublié cette foi pleine de confiance, cette ingénieuse et opiniâtre charité de M. de Bussière, qui, obéissant à une impulsion d'en haut, ne recule devant auune importunité, aucune indiscrétion pour préparer les voies du Seigneur ; il a cru fermement, et « il lui a été fait selon ce qu'il a cru. »

Ce qui m'a le plus frappé dans mes premières conversations avec M. Ratisbonne, et ce qui ressort principalement des passages de ses lettres dont il m'a donné connaissance, c'est cette tranquillité, cette détermination résolue et énergique, mais en même temps froide et calme, qui est le caractère des positions nettes, mûrement réfléchies et acceptées franchement avec toutes leurs conséquences. Son but unique désormais, celui qui exerce sur lui une irrésistible attraction, c'est la croix, à laquelle il est venu de si loin, après avoir erré longtemps. Il y va droit, d'un pas rapide et sûr, sans se laisser ralentir, détourner, encore moins arrêter par les obstacles qui lui barrent la route. Il sent qu'il a reçu d'en haut une force qui lui aidera à les franchir ou à les briser, dût son cœur saigner de tant de chocs violents et de déchirements douloureux. Il ne redoute pas ces combats; il les désire au contraire pour corroborer et mettre à l'épreuve sa foi nouvelle, foi jeune et toute pleine d'élan. C'est un attachant spectacle que celui que nous offre ce noble et généreux jeune homme, qui, après avoir reconnu sa fin, son but éternel, y marche résolument, en foulant aux pieds tout intérêt, toute considération, toute affection humaine.

Marie Ratisbonne nous reproduit l'exemple de ce dévouement héroïque des premiers chrétiens courant au devant des bourreaux, et, de même qu'il a déjà le baptême de désir, on peut dire qu'il en a aussi le martyre. Au dix-neuvième siècle, ce ne sont plus les chevalets et les tenailles brûlantes qui l'attendent ; mais l'âme a aussi ses tortures, et celles-là il les appelle.

« Quel changement s'est opéré en moi, me disait-il ; si il y a quinze jours on m'eût dit qu'il me fallait rénoncer à ma fiancée, je n'aurais pu supporter l'idée d'un pareille séparation, et je me serais tué de désespoir ; et aujourd'hui si ce sacrifice m'était imposé par ma nouvelle croyance, je l'accomplirais sans murmurer en bénissant Dieu, et en lui disant : Que votre volonté soit faite ! toute ma vie, je le prierais pour la conversion de celle qui m'est si chère, ou pour que, du moins, nous puissions nous rencontrer dans un monde meilleur ! »

On ne découvre en lui, au reste, aucune trace d'exaltation, d'enthousiasme factice, de surexcitation maladive, rien enfin qui annonce qu'il se soit monté l'imagination au sujet de ce qu'il a vu. Voici ce qu'il m'en disait avec une parfaite simplicité : « Ce qui me rend on ne peut plus heureux, c'est que ce souvenir ne s'efface en aucune manière. Je vois toujours dans ma mémoire l'apparition miraculeuse aussi distincte, aussi nette qu'elle l'était au premier moment ; j'avais craint qu'il n'en fût pas ainsi. Après tout, quelque précieuse que me soit cette circonstance, qu'on l'explique comme on voudra, qu'on la nie même tout à fait, peu m'importe ! car pour moi le miracle consiste moins dans cette apparition, qui n'en est que le moyen surnaturel, que dans la réalité de ma conversion, aussi soudaine qu'elle est complète. »

Et néanmoins on voit combien il tient pour lui-même à cette faveur toute spéciale; car quelqu'un lui ayant dit : Vous avez donc vu l'image de la Sainte-Vierge ? « L'image ! Monsieur, s'écria avec feu M. Ratisbonne, l'image ! mais je l'aie vue elle-même, réellement, en personne, comme je vous vois là ! »

Des grâces si abondantes, si extraordinaires pourraient aisément faire naître des tentations d'orgueil dans une âme moins droite et moins véritablement simple que la sienne. Au miracle de cette initiation instantanée aux vérités chrétiennes il faut joindre encore celui des langues de feu descendant sur les apôtres. En effet, cet homme, juif il y a vingt-quatre heures, parle une langue qu'il n'a jamais apprise, celle du dogme catholique; et il la parle avec toute sa force, sa précision et sa pureté. Dans sa conversation, toute d'abondance de cœur, la pensée et le sentiment du christianisme jaillissent et débordent ainsi que d'une source nouvellement ouverte : le rocher a été frappé par une main toute puissante, et les flots d'eau vive s'en échappent miraculeusement.

Il me disait, comme aurait pu le dire le catholique le mieux instruit : « Remarquez qu'immédiatement après ma conversion mes premiers actes, mes premières paroles ont été autant de coups mortels portés au protestantisme. Ainsi j'ai rendu hommage à la puissante intercession de la sainte Vierge quand je me suis prosterné devant elle. Un instant après j'ai proclamé le dogme de l'invocation des saints, en prononçant les mots : Oh! comme ce monsieur a prié pour moi! J'ai demandé plus tard à être conduit chez un prêtre, sans la permission duquel je ne voulais pas m'expliquer, et par là j'ai accepté le principe de l'autorité et consacré le devoir de l'obéissance. Après tout, cela n'a rien qui doive nous surprendre; car la sainte Vierge, par l'intermédiaire de laquelle ma conversion s'est opérée, foule aux pieds le dragon et tue l'hérésie; l'erreur ne peut subsister devant elle. On ne saurait donc raisonnablement soutenir que le miracle soit susceptible de s'interpréter en deux sens; je maintiens qu'il est *exclusivement* catholique, et qu'il sape par sa base le protestantisme, en démontrant les dogmes que les protestants rejettent. »

Remarquons, en passant, que c'est là ce même homme qu'un protestant plein de zèle et de bonne foi travaillait vainement, depuis des années, à convertir à cette portion de la vérité qu'il possédait. Maintenant les rôles sont changés : le *juif encroûté*, devenu chrétien en un quart d'heure, s'efforce d'arracher des yeux de son ami le bandeau qui lui cache encore en partie cette « lumière du ciel qui l'a subitement environné (1). » M. Ratisbonne aussi lui, de persécuteur qu'il était, est soudain devenu apôtre !

Qu'on prononce, en présence d'un pareil rapprochement, de quel côté se trouvent le caractère divin et la vérité tout entière !

Voici un fait qui prouve encore à quel degré M. Ratisbonne était pénétré du sentiment catholique, en ce qui touche un des points fondamentaux de notre croyance. Le surlendemain de sa conversion il accompagna M. de Bussière, qui allait faire une station devant le Saint-Sacrement. Ils s'agenouillèrent l'un près de l'autre, et se

(1) Actes des Apôtres, chap. 9.

mirent à prier. Au bout de quelques minutes M. de Bussière ne vit plus son jeune ami à ses côtés, et, le cherchant des yeux, il le découvrit seul dans une autre partie de l'église. Il se hâta d'aller à lui, craignant qu'il ne se trouvât indisposé. — « Non, dit M. Ratisbonne, je n'ai rien. — Mais encore, pourquoi vous être éloigné ainsi? — Ah! c'est que vous ne pouvez comprendre tout ce qu'on souffre quand on se trouve en présence du Seigneur sans être baptisé. »

Ce railleur, qui peu de jours auparavant plaisantait M. de Bussière sur ses *rêveries*, sur sa manie de *conversionisme*, qui était prêt à s'offenser de sa charitable importunité, il comprend maintenant l'esprit du prosélytisme catholique et l'admirable dévouement de nos missionnaires : de bon cœur il donnerait son sang pour ramener un frère égaré. « D'où vient que les catholiques, disait-il, désirent si ardemment la conversion des autres et s'y emploient avec tant de zèle? C'est qu'ayant le bonheur de posséder la vérité, ils regardent comme un devoir de la faire connaître aux malheureux qui l'ignorent. »

« J'ai le consolant espoir, me répétait-il, que ce miracle éclatant de la miséricorde de Dieu n'a pas été fait pour moi seul. Si, comme je l'espère, ma fiancée suit mon exemple, ce sera le plus heureux jour de ma vie que celui où notre union sera consacrée devant l'autel de Jésus-Christ. Par le spectacle de notre bonheur, par l'éducation morale et chrétienne que nous donnerons à nos enfants, ainsi que par l'ordre exemplaire qui régnera dans notre maison, nous exercerons, je n'en doute pas, une salutaire influence sur notre famille et sur ceux de nos coreligionnaires qui nous sont le plus chers; peut-être les amènerons nous à se convertir aussi ! » (1)

Fût-il jamais un homme plus complétement *retourné*, pour me servir de l'expression énergique employée par M. Ratisbonne ? Écoutons encore à ce sujet le té-

(1) Une partie de ce pieux espoir s'est déjà réalisée, plusieurs conversions d'Israélites ont eu lieu, à Strasbourg, à la suite et par l'effet de celle de M. Ratisbonne. C'est ici le lieu de rapporter une réflexion frappante de justesse qu'il m'a faite : « Ce n'est qu'en France, me disait-« il, que les conversions de juifs peuvent être « revêtues de ce caractère d'autorité morale « propre à les rendre fécondes en résultats. « Egal à tous les citoyens, le juif, par son ab-« juration, n'échappe à aucun inconvénient, « n'acquiert aucun avantage, et dès lors, on ne « peut le supposer influencé par des motifs hu-« mains ; son choix est parfaitement libre et « spontané. Ailleurs malheureusement il n'est « pas de même ; si jamais j'écris, ce sera pour « développer cette vérité utile à proclamer. »

moignage de M. Edmond Humann, que nous avons déjà cité : « Ce qui est bien remarquable, c'est que depuis qu'Alphonse a cru au catholicisme son caractère a totalement changé. Quoiqu'ayant été en pension avec lui, je l'avais depuis assez longtemps perdu de vue ; je l'ai retrouvé ici il y a quelques jours au théâtre, et j'avoue qu'il ne me plut nullement par son tour d'esprit froid et sec, disposé à ricaner sur tout. A dater du moment de sa conversion il a été tout différent : c'est un changement complet qui s'est opéré d'une minute à l'autre. »

Lorsque M. Ratisbonne apprit à M. Humann qu'il se faisait catholique, celui-ci, confondu d'étonnement, se contenta de lui répondre d'un air ironique : « Ah ! je vous en fais mon compliment ! » Son ami insista, et lui développa les motifs de cette détermination subite et si inattendue, à quoi M. Humann répliqua : « Je vous crois devenu fou ! » Ce ne fut que plus tard que ses propres réflexions et la fermeté persévérante et froide du nouveau converti le convainquirent qu'il jouissait bien de toute sa raison.

Le lendemain même du miracle, M. Ratisbonne s'était rendu, accompagné de M. de Bussière, auprès de la famille de La Ferronnays ; cette entrevue fut on ne peut plus touchante. Il leur serra la main à tous avec une vive émotion, en disant à madame de La Ferronnays et à ses enfants : « Vous êtes presque ma mère ! vous êtes pour moi comme des frères et des sœurs ! »

Dans le récit qu'il avait à leur faire il débuta par ces mots, prononcés avec un accent qui partait de l'âme : « Ah ! croyez-moi ! croyez bien à tout ce que je vais vous dire ; je suis de bonne foi ! » Sa voix était émue, entrecoupée ; la violence des sentiments divers dont il était agité l'empêchait de parler longtemps de suite. Il répéta à plusieurs reprises que c'était aux prières du comte de La Ferronnays qu'il était redevable de sa conversion, et dit qu'il en avait conçu pour lui une affection et une reconnaissance posthumes que rien ne pourrait jamais altérer.

« J'espère, ajouta-t-il avec une énergie calme, que Dieu m'enverra les plus cruelles épreuves, afin que je puisse lui rendre gloire et *témoigner que je suis de bonne foi.* »

Ce besoin de mettre à couvert de tout soupçon sa parfaite sincérité, ainsi que la spontanéité morale de ses actes, m'a semblé être ce à quoi il revenait le plus souvent, et ce qu'il exprimait le plus fortement dans ses conversations, de même que dans sa lettre à son frère l'abbé, qui sera reproduite plus tard. Il paraissait craindre surtout qu'on ne cherchât à le faire passer pour un imposteur ou pour un fou (1); mais cette crainte n'avait point sa source dans une mesquine considération personnelle; elle dérivait uniquement de sa profonde reconnaissance pour l'immensité du bienfait qu'il a reçu de Dieu, dont il se montre jaloux de placer en cette occasion la gloire et la toute-puissance au dessus de toute atteinte : c'est dans le seul intérêt de Dieu, et non dans le sein, qu'il ne veut pas qu'on puisse révoquer en doute sa sincérité, non plus que le caractère miraculeux de sa conversion. Le désir ardent, le confiant espoir qu'il a d'amener ses parents et ses amis à suivre son exemple ne passent ici qu'en seconde ligne, quoique l'expression de cette affectueuse sollicitude revienne souvent dans ses entretiens. C'est

(1) « J'ai traité moi-même de fou mon frère « Théodore, lorsqu'il se fit chrétien et prêtre ! »

qu'il sent bien que les deux points qui le préoccupent une fois démontrés, ce sera un grand pas de fait pour arriver au résultat qu'il souhaite si vivement.

Maintenant que j'ai exposé l'enchaînement des faits principaux, et groupé les circonstances accessoires suivant leur importance relative, et de manière à éclairer les convictions de mes lecteurs, il est temps d'aborder la discussion des objections probables que soulevera un récit du genre de celui-ci à notre époque de doute et d'examen.

Le fait désormais constaté de la conversion de M. Marie Ratisbonne ne peut s'expliquer que par l'une des trois hypothèses suivantes :

Ou c'est une imposture ;

Ou il faut y voir l'effet soit d'une hallucination passagère, soit d'une monomanie religieuse à l'état chronique ;

Ou bien enfin on est forcé de reconnaître que cette conversion est le résultat d'un miracle.

La première de ces objections a déjà été faite ici à Rome; après avoir entendu le récit de l'événement qui était l'objet de tous les entretiens, quelqu'un eut le triste courage de dire : « Votre juif est un imposteur, et toute cette affaire est une comédie concertée à l'avance entre lui et ce M. de Bussière. »

« Quelle supposition absurde ! s'est écrié M. Ratisbonne lorsqu'on lui a rapporté cette observation. Eh quoi! J'aurais été sacrifier mes intérêts de fortune, mes affections de famille, mon mariage, auquel je tiens de cœur, mon amour-propre, tous mes antécédents enfin, pour une religion à laquelle je n'aurais pas cru! et cela dans le seul but d'être agréable à M. de Bussière, que je connaissais à peine, et au pape, dont je me souciais encore moins! En vérité, une pareille sottise ne mérite pas d'être refutée sérieusement. »

Je ne me fais, pour ma part, aucun scrupule d'infliger cette réponse sévère de M. Ratisbonne à ces gens qui auraient l'esprit assez léger, le jugement assez faux ou le cœur assez vil pour oser reproduire un aussi misérable argument.

Passons à la seconde supposition.

Pour peu qu'on ait lu avec attention ce que j'ai dit précédemment de M. Ratisbonne, on aura pu se convaincre que son existence, que sa vie morale et intellectuelle a été, jusqu'à sa conversion *exclusivement*, une, logique, parfaitement homogène. On n'y remarque ni fluctuation, ni incertitudes, rien enfin qui annonce dans le caractère et les habitudes de ce jeune homme la moindre inconstance en fait de religion moins encore qu'en toute autre chose. Juif à son point départ, il est resté juif, c'est à dire conséquent avec lui-même, jusqu'au moment décisif où la grâce, le régénérant miraculeusement, en a fait un chrétien dans l'espace de quelques minutes.

Il me semble impossible d'admettre qu'il ait été dupe d'une hallucination passagère; ces sortes d'illusions, résultant d'un état anormal des organes, ne sauraient produire un effet permanent. D'ailleurs elles sont toujours accompagnées de quelque désordre corrélatif dans les fonctions de l'intelligence. Or, l'effet subsiste toujours le même chez M. Ratisbonne; nous avons tous été appelés à le constater, et nous n'avons pas remarqué le plus léger trouble dans ses facultés, ni la moindre déviation de la ligne droite du bon sens dans toute sa conduite. Nos observations, comme notre raisonnement, n'ont fait que nous confirmer de plus en plus dans une conviction qui s'est formée graduellement et mûrie avec une lenteur prudente.

Depuis l'époque de sa conversion, de même qu'avant, la vie de M. Ratisbonne n'a pas cessé de procéder, je le répète, dans un ordre rigoureusement logique. Nous l'avons vu chrétien, ainsi que nous l'avons vu juif, constamment d'accord avec lui-même en l'une et l'autre qualité, et tirant de prémisses diamètralement opposées, des conséquences théoriques et pratiques d'une inattaquable justesse. Dans ses paroles, dans ses actes, dans les idées et les sentiments qu'il exprime, nous avons vainement cherché une désharmonie secrète, une lacune quelconque : tout en lui nous a paru d'une connexité, d'un ensemble conforme de tous points aux exigences de la plus saine raison. Son calme ne s'est pas démenti ; ses perceptions sont demeurées de la plus grande lucidité; il jouit avec une douce quiétude de l'ineffable bonheur d'être chrétien. « C'est pour moi, dit-il, comme la découverte d'un nouveau monde! » bien que, prévoyant les épreuves qui l'attendent, il ne manifeste pas l'ombre d'un regret quant aux suites de la démarche irrévocable qu'il est sur le point de faire, et qui peut-être va le séparer de ce qu'il a de plus cher au monde; car en acceptant le principe il s'est résigné à l'avance aux sacrifices qu'il pourra lui imposer. « Ma situation, dit-il, se trouve figurée exactement par ma médaille: la sainte Vierge d'un côté, avec ses grâces et ses consolations, de l'autre la croix! »

Persistera-t-on encore à taxer M. Ratisbonne de folie?

Eh bien! oui, je l'admets, cette folie, nous la connaissons, et, Dieu merci, elle ne nous est pas étrangère: voici près de deux mille ans qu'on en parle, et qu'elle perpétue dans le monde l'esprit d'abnégation et de sacrifice. Elle y a obsédé les plus hautes intelligences, fait battre les plus nobles cœurs, inspiré les vertus les plus héroïques; désignée, à l'aide d'un mot sublime, par un de ces hommes au génie fécond, à l'immense charité, à la parole puissante qui retentit au travers des siècles; cette folie, *c'est la folie de la croix!*

Toute conviction profonde et dévouée qui produit les mêmes effets se rattache, de près ou de loin, à ce noble genre de folie.

Des trois hypothèses que j'ai posées, les seules capables, selon moi, de rendre raison du fait qui nous occupe, deux se sont écroulées par la base, et au dessus de leurs débris la troisième s'élève triomphante.

La conversion de M. Marie Ratisbonne

ne peut donc être que l'effet d'un miracle ; cette conclusion ressort, comme une conséquence forcée, de l'ensemble des faits, ainsi que des éclaircissements dans lesquels je suis entré. Qui dit miracle entend une suspension des lois de la nature ; or, ici l'ordre logique des phénomènes naturels a été violemment interrompu : donc il y a eu miracle, et c'est par là seulement que peut s'expliquer l'anomalie psychologique dont nos yeux ont été témoins. Ce serait en vain que les rationalistes se mettraient le cerveau à la torture pour découvrir ici une solution qui puisse satisfaire les hommes réfléchis et de bonne foi. Nous leur en portons le défi : ils ne la trouveront pas! Pour eux point de milieu : il leur faut ou croire avec nous, ou se taire.

Comme complément de preuves, j'ai hâte de citer l'importante pièce justificative que j'ai déjà annoncée, je veux dire la lettre de M. Ratisbonne à son frère l'abbé Théodore. Les plus méfiants se convaincront, en la lisant, qu'une pareille lettre n'a pu être écrite ni par un imposteur, ni par un fou. Si d'ailleurs le temps et la réflexion ne faisaient pas complétement justice de ces suppositions absurdes ou odieuses, la présence de M. Ratisbonne à Paris et à Strasbourg achevera d'en faire disparaître les dernières traces. Notre nouveau frère est bon à montrer à nos adversaires non moins qu'à nos amis! Voici cette lettre :

« Mon très cher frère,

» Dieu a voulu que toute ma vie, jusqu'à
» l'instant de ma conversion, ne fût qu'une
» série d'actes antichrétiens. Dieu a voulu
» que je me trouvasse au milieu d'un con-
» cours de circonstances telles qu'il est
» impossible à qui que ce puisse être

» d'expliquer ma conversion subite autre-
» ment que par un miracle.

» Qui t'a persécuté avec le plus d'achar-
» nement? C'est moi! Qui proférait le plus
» de blasphèmes et d'outrages contre les
» catholiques et leur esprit de *conversio-*
» *nisme*? C'est moi! Qui avait la plus pro-
» fonde indifférence en matière de religion?
» C'est encore moi!

» M'accusera-t-on de lâcheté? mais les
» juifs en France sont égaux en droits à
» tous les autres citoyens. Est-ce par am-
» bition que je me suis converti? mais
» quelle est la carrière qui se fermera de-
» vant moi en ma qualité de juif? Serait-ce
» par intérêt, ce grand mobile du siècle
» présent? mais, tu le sais aussi bien que moi,
» mon intérêt serait plutôt de rester juif.
» Serait-ce par quelque inclination secrète?
» mais tu sais encore, toute la famille sait
» à quel point j'aime ma fiancée, si digne

» d'être aimée, et que, si elle n'a pas la » force de suivre mon exemple, il me faut » renoncer à elle. Serait-ce par l'effet de » mes lectures? Je n'ai jamais lu un livre » de religion; par l'influence de mes amis? » Je n'étais lié qu'avec des jeunes gens sans » foi, sans religion quelconque. Je ne con- » naissais ici que G. de B., protestant zélé, » et qui disait qu'il n'y avait rien à faire de » moi. Mais comment donc alors rendre » raison de ma conversion? Je te dirai, » mon cher frère, dans ma prochaine let- » tre les circonstances merveilleuses qui » l'ont précédée et amenée. J'ai trouvé » hier dans le premier livre religieux que » j'aie jamais ouvert (1) cette phrase qui » m'a frappé : *Une pareille persuasion,* » *opérée sans miracle, serait à elle seule le* » *plus étonnant des miracles.*

(1) L'Abrégé de Lhomond.

» Adieu, mon cher Théodore! je t'ai » causé bien du chagrin; pardonne à ton » frère en Jésus-Christ.

« Rome, 22 janvier 1842. » (1)

Immédiatement après sa première entrevue avec le père de Villefort M. Ratisbonne fut conduit par lui, avec M. de Bussière, en présence du père général des Jésuites. Là se passa une scène du plus haut intérêt, et de nature à montrer sous le jour le plus honorable l'esprit de paternelle charité, de zèle prudent et éclairé qui caractérise une société célèbre, longtemps et odieusement calomniée, qui a rendu de grands services et continue à en rendre encore.

(1) Cette lettre était signée : *Marie*-Alphonse Ratisbonne, et la signature était suivie d'une croix.

M. Ratisbonne demanda à être sur-le-champ instruit dans la foi catholique, afin de pouvoir recevoir le baptême dans le plus bref délai possible. « Après l'avoir entendu avec une douce bonté, mais en même temps avec une grande gravité, rapporte M. de Bussière, le père général lui a fait considérer attentivement les sacrifices qu'il aurait à faire, les graves obligations qu'il aurait à remplir, les combats particuliers qui l'attendaient, les tentations, les épreuves de toute nature auxquelles une résolution semblable allait l'exposer, et, lui montrant un crucifix qui était sur la table, il lui dit :

« Cette croix, que vous avez vue pendant
» la nuit, quand une fois vous serez baptisé,
» non seulement il faudra l'adorer, mais la
» porter ! »

« Puis il ouvrit les saintes Écritures, y chercha le deuxième chapitre de l'Ecclésiaste, et lut à M. Ratisbonne ce qui suit : « Mon fils, lorsque vous serez engagé au » service de Dieu, préparez votre âme à la » tentation et à l'épreuve, et demeurez ferme » dans la justice et dans la crainte du Sei- » gneur, tenez votre âme humiliée, et atten- » dez dans la patience ; prêtez l'oreille aux » paroles de la sagesse, et ne perdez point » courage au moment de l'épreuve ; souffrez » avec patience l'attente et les retards de » Dieu.... acceptez de bon cœur ce qui vous » arrivera, demeurez en paix dans votre » douleur, et, au temps de votre humilia- » tion, conservez la patience ; car l'or et l'ar- » gent s'épurent par le feu, mais les hom- » mes que Dieu veut recevoir au nombre » des siens, il les éprouve dans le creuset des » humiliations et de la douleur. Ayez donc » confiance en Dieu, il vous tirera de tous » vos maux ; espérez en lui, conservez sa » crainte et vieillissez dans son amour. »

« La lecture de ces divines paroles, continue M. de Bussière, fit sur Ratisbonne une profonde impression ; loin de le décourager, elles affermirent sa résolution, en le faisant entrer dès lors dans les sentiments du christianisme le plus sérieux et le plus fort... » (1)

Il me paraît superflu de signaler à l'attention du lecteur les pages qui précèdent; elles prouvent, avec la dernière évidence, que M. Ratisbonne n'a nullement été circonvenu, séduit ni entraîné; qu'on lui a laissé, au contraire, tout le temps de se reconnaître; qu'on a même provoqué ses

(1) Relation de M. de Bussière. Cette relation, en quelque sorte officielle, a paru quand je m'occupais de la mise au net de mon manuscrit; outre l'important passage qu'on vient de lire, je lui ai emprunté quelques circonstances de détail, qnelques mots caractéristiques que j'avais oubliés ou ignorés.

plus sérieuses réflexions sur les conséquences si graves de sa démarche, dans le but de prévenir de sa part des regrets tardifs, et qu'enfin sa détermination spontanée, mûrement réfléchie, exclut toute idée d'influence et de suggestion étrangères. On sera amené par là à reconnaître la mauvaise foi et la légèreté de certaines accusations banales, auxquelles le silence n'est pas toujours la meilleure réponse à opposer.

Quelques jours après sa conversion, M. Ratisbonne entra dans la maison des jésuites pour y travailler à s'instruire, sous la direction du père de Villefort. Les enseignements assidus que lui donnait celui-ici, avec ce zèle et cette évangélique simplicité qu'on lui connaît, étaient reçus et assimilés par une intelligence merveilleusement bien préparée. Le pur froment de l'Evangile tombait sur une terre féconde, arrosée des eaux de la grâce, et le grain rendait cent pour un. Ce qui surprenait surtout le père de Villefort, c'était de voir à quel haut degré son catéchumène avait reçu le don d'oraison. Les quatre heures qu'il avait passées à prier pendant la nuit auprès du corps de son heureux intercesseur, dans l'église de Sant-Andrea delle Fratte, s'étaient écoulées pour lui, disait-il, avec la rapidité d'un instant.

Grâce à ces favorables dispositions, particulières à la situation toute exceptionnelle de M. Ratisbonne, et qu'on peut regarder comme les conséquences *naturelles* du miracle, peu de temps avait suffi pour amener le nouveau converti au point d'instruction nécessaire pour le baptême et la réception des deux autres sacrements qui devaient lui être administrés le même jour. On a vu, par ce qui précède, combien, de prime-abord, il avait pénétré profondément, par cette violente impulsion de la grâce, dans le sens intime de nos dogmes; l'on n'a point oublié que ses premières paroles, ses premiers actes avaient offert l'expression du catholicisme dans ce qu'il a de plus élevé, de plus pur et de plus exclusivement spécial. Il ne restait désormais à apprendre à M. Ratisbonne que la lettre et, pour ainsi dire, la partie technique de notre religion, dont l'Esprit saint s'était chargé de lui enseigner l'essence.

Aussi ce fut sans étonnement qu'on apprit que le nouveau converti, après avoir été examiné par S. E. Mgr le cardinal Mezzofanti, maître des catéchumènes, s'était vu dispensé de passer par la filière des formalités préliminaires. Le baptême fut, en conséquence, fixé au lundi 31 mars, par S. E. Mgr le cardinal Patrizi, vicaire apostolique, qui devait officier à cette occasion.

De l'aveu des Romains et des Français, depuis longtemps établis à Rome, on ne se souvient pas d'avoir vu une cérémonie plus imposante, plus solennellement simple, plus touchante et d'un effet plus complétement satisfaisant. J'en parlerai ici avec quelque détail, comme témoin oculaire, placé de façon à n'avoir rien perdu de son ensemble comme de ses détails.

Contrairement à l'ancien usage, en vertu duquel le baptême des israélites avait toujours lieu à l'église d'Aracœli, Mgr le cardinal vicaire avait désigné comme plus convenable la belle église du *Jésus*, citée entre toutes celles de Rome, pour le bon ordre, le recueillement et la dignité avec lesquels s'y accomplissent les cérémonies de notre culte.

Une enceinte spacieuse avait été réservée autour de l'autel, où le cardinal officiant devait administrer successivement au nouveau converti le baptême, la confirmation et la communion. Cette enceinte fut de bonne heure occupée par l'élite de la société romaine et étrangère, tandis que le reste de l'église fut envahi plus tard par une foule compacte de Romains de la classe moyenne et de la classe inférieure. On n'eut à se plaindre d'aucun désordre, d'aucune manifestation de curiosité inconvenante dans cette multitude qui avait compris avec un merveilleux instinct tout ce qu'il y avait de grand et d'attachant dans cette solennité. S. E. Mgr le cardinal Mezzofanti était placé dans une tribune pour assister au baptême. Dans la matinée, il avait lui-même, avec une bonté paternelle, instruit M. Ratisbonne de tout ce qui était relatif au cérémonial.

Le vicaire apostolique, Mgr le cardinal Patrizi, dans ses riches ornements pontificaux, la mitre en tête et la crosse à la main, se rendit processionnellement, précédé de la croix et suivi d'un nombreux clergé, à la porte de l'église pour y recevoir le nouveau converti et procéder aux exorcismes. Il en revint bientôt, ayant à ses côtés M. Ratisbonne, revêtu de la longue robe blanche des catéchumènes, et accompagné de son parrain, le baron de Bussière, naturellement appelé dans cette circonstance solennelle à achever l'œuvre ébauchée et poursuivie par lui avec une charité si persévérante. Selon le rite consacré, il avait la main droite posée sur l'épaule du nouveau chrétien, qu'il venait présenter à l'église, et pour lequel il se portait garant. Sa figure recueillie, d'un caractère grave et mâle, contrastait avec les traits plus jeunes, plus délicats, avec l'expression plus douce et plus émue encore du néophyte. L'un et l'autre ne semblaient nullement embarrassés de leurs personnes; ils étaient trop profondément absorbés pour songer à eux-mêmes, et à cette foule curieusement avide, dont les yeux étaient fixés sur eux. Tant que dura la cérémonie, ils furent constamment l'objet de l'intérêt le plus sympathique et de l'attention la plus vive, sans que néanmoins la parfaite simplicité de leur maintien et de leur attitude pleine de ferveur se démentît un seul instant. On ne pouvait détacher ses yeux de ces deux hommes, si heureux par les grâces extraordinaires dont ils avaient été comblés, et si intimement unis dans une même pensée et un même sentiment. Chacune des personnes présentes partageait, au degré dont elle en était susceptible, l'émotion profonde dont on les voyait pénétrés. Mgr le cardinal-vicaire officia avec une dignité et une onction remarquables; il était, lui aussi, visiblement touché et se faisait violence pour ne pas se laisser aller à tout ce qu'il éprouvait.

Lorsque M. Ratisbonne, ayant à ses côtés M. de Bussière et le père de Villefort, s'avança pour recevoir le baptême qu'il avait si ardemment désiré, ses genoux se dérobèrent sous lui, et il fût tombé sur les marches de l'autel si ces messieurs ne l'eussent soutenu. Après la confirmation, on lui posa sur le front un bandeau de soie blanche, noué derrière la tête pour préserver les onctions saintes ; alors on eût cru voir un néophyte de la primitive Église. Cette robe blanche, ce bandeau de même couleur, symbole de l'innocence et de la candeur baptismales, complétaient l'illusion, sans prêter en rien à la raillerie ; il n'y avait pas ici place pour le ridicule, et telle était l'unanimité de sentiments qui animait cette foule nombreuse, qu'on peut affirmer qu'il ne vint à l'idée de qui que ce fût de trouver seulement étrange ce costume, si peu en harmonie avec nos habitudes et nos mœurs modernes. Quant à M. Ratisbonne, il n'avait pas l'air de se douter qu'il fût autrement que tout le monde.

Avec la finesse de tact et le sentiment des convenances qui caractérisent les Romains, S. E. Mgr le cardinal-vicaire avait compris combien il était à propos de déroger en cette circonstance à l'usage généralement suivi. Jusqu'ici le discours adressé au néophyte et aux fidèles avait toujours été prononcé en italien; mais Mgr Patrizi avait dit qu'il regardait comme une cruauté de saluer ce nouveau frère à son entrée dans le sein de l'Église en une langue qu'il n'aurait pas entendue, et avait déclaré que ce ne serait qu'à défaut d'un prêtre français, disposé à monter en chaire, qu'il se résoudrait à prendre la parole en italien.

M. l'abbé Dupanloup justifia pleinement le choix qu'on avait fait de lui dans cette occasion, et répondit à tout ce qu'on était en droit d'en attendre. Il sut s'élever et se maintenir, c'est tout dire, à la hauteur de son sujet et des exigences que sa célébrité, comme orateur sacré, avait fait naître. Il parla avec une émotion entraînante au plus haut degré, et néanmoins contenue par la réserve la plus circonspecte. La circonstance était délicate, le sujet difficile à traiter ; il fallait tout donner à entendre, sans rien articuler de précis. Le mot de miracle, qui à Rome, siége de l'autorité, ne se prononce pas légèrement, ne fut pas proféré une seule fois dans le cours de cette improvisation si chaleureuse, si adroite, et pourtant le miracle apparaissait aux yeux de tous au travers des allusions transparentes, des formes ingénieuses qu'employa l'orateur. Le *Memorare* et sa merveilleuse efficacité, celle de la médaille miraculeuse, les importunités providentielles de M. de Bussière, l'intercession décisive de ce juste, priant à son heure suprême pour le juif aveuglé ; l'obsession nocturne de cette croix prophétique, image de celles qui attendaient le nouveau converti ; l'intervention directe de la Mère des miséricordes, tout en un mot arriva à son tour, amené naturellement, clairement indiqué, avec une habileté, un tact admirables, et, chose rare ! sans que le mouvement oratoire, ni l'éloquence propre au sujet perdissent rien à tous ces ménagements. Ce discours, si remarquable par les idées et par la forme, le fut encore par l'onction avec laquelle l'orateur le débita. Il était aisé de voir que lui-même était profondément touché : sa voix voilée et tremblante au début l'indiquait assez ; mais il parvint, en maîtrisant son émotion, à nous la faire partager à tous. Il n'y avait par un œil sec autour de moi, et plusieurs personnes purent faire la même remarque. C'est qu'en effet M. l'abbé Dupanloup s'était rendu l'éloquent interprète de ce que nous pensions, de ce que nous sentions tous.

Je n'entreprendrai pas de dépeindre l'effet que son discours produisit sur celui qui en était plus particulièrement l'objet. Les sentiments tumultueux qui soulevaient la poitrine de M. Ratisbonne se traduisaient sur sa physionomie malgré les efforts qu'il faisait pour les contenir ; il était inondé de larmes, pâle, palpitant et paraissant succomber sous le poids de tout ce qu'il éprouvait ; il pouvait à peine se soutenir ; penchés affectueusement sur lui, M. de Bussière et le père de Villefort cherchaient, par des paroles pleines de charité, à relever son courage et à le fortifier contre ses émotions.

La messe commença, et la presque totalité des assistants l'entendit avec une pieuse ferveur, le reste avec le respect convenable; mais l'instant de la communion fut, pour ainsi dire, le point culminant de cette scène d'un intérêt si puissant, d'un pathétique si élevé. Prêt à recevoir pour le première fois son Sauveur, dont il avait senti si vivement la présence dans le Saint-Sacrement aussitôt après sa conversion, M. Ratisbonne, succombant sous cette abondance de grâces dont il était accablé, et sous la puissance d'impressions trop multipliées, trop poignantes pour la faiblesse de notre nature, M. Ratisbonne, dis-je, s'affaissa sous lui-même et se sentit défaillir. Soulevé par M. de Bussière, il reprit ses sens et retrouva assez de forces pour accomplir cet acte, le plus auguste de notre religion; pour recevoir le gage d'immortalité qui, consacrant son admission dans la grande famille catholique, devenait pour lui comme le sceau du chrétien, dans l'acception la plus étendue du mot; car où n'est pas la foi à la présence réelle, là ne saurait être le christianisme tout entier : la vie religieuse y demeure incomplète et dénuée de l'aliment, du pain quotidien, *au dessus de toute substance*, qui soutient et fait croître l'homme intérieur. (1) L'heureux néophyte retourna à sa place en chancelant, se prosterna la tête dans ses deux mains, et appuyée sur son siège.

(1) Voyez le bel ouvrage de M. l'abbé Gerbet sur l'Eucharistie, qu'il a si heureusement nommée *le dogme générateur de la piété catholique*. On trouvera dans la relation de M. de Bussière les éloquentes paroles de l'improvisation de M. l'abbé Dupanloup qui développent ce que je n'ai pu qu'indiquer ici.

Longtemps il resta comme anéanti......... C'était trop de bonheur à la fois ! Le cœur de l'homme est impuissant à y suffire.

Arrêtons-nous ici un instant, pour mesurer d'un regard l'espace immense qu'à parcouru M. Ratisbonne dans un si court intervalle. Voici douze jours à peine que la pensée seule du *Crucifié* lui était un objet de scandale, de dégoût et de dérision. Il s'associait, autant qu'il était en lui, par ses sentiments, ses paroles et ses actes, à cette multitude furieuse qui, dans son fanatisme, s'écriait il y a dix-huit siècles: « *Tolle, crucifige*........ que son sang retombe sur nous et sur nos enfants !......

qu'il descende de la croix, et nous croirons en lui ! » Et voilà que M. Ratisbonne, blasphémateur et persécuteur des disciples du Christ, échappe par un miracle aux effets de cette malédiction terrible qui pèse sur sa nation, et dont naguère il réclamait sa part. Le Sauveur, à la prière de la Mère des douleurs, descend de la croix pour le régénérer par son sang, pour lui ouvrir, comme au disciple bien aimé, son sein paternel, et s'unir à lui cœur à cœur d'une union mystérieuse. Il le comble, il l'accable de ses grâces, de ses bénédictions les plus fécondes, de ses plus ineffables douceurs........ Inclinons nos cœurs et notre raison devant ce prodige si consolant de la toute-puissance et de la miséricorde divines ; renonçons à le célébrer dignement comme à le faire comprendre à ceux qui n'ont pas le bonheur de croire; car il est des choses qui sont au dessus de la portée de la parole humaine, de même qu'elles dépassent les bornes étroites de notre intelligence.

M. Ratisbonne s'était présenté à la communion accompagné de son parrain, qui communia à ses côtés, et qui là encore, se portait caution pour lui. Un grand nombre de fidèles prirent place après eux à la table sainte pour confirmer leur nouveau frère et rendre témoignage en rompant avec lui le pain eucharistique (1). Cette manifestation inusitée, imposante par le nombre et le profond recueillement de ceux qui y prirent part, contribua puissamment à imprimer à la solennité du baptême de Marie Ratisbonne, solennité la plus tou-

(1) Si les deux PP. jésuites français avaient seulement songé à s'entendre avec leurs confrères anglais et irlandais, le nombre des communions eût été plus que doublé.

chante à laquelle j'aie jamais assisté, un caractère de grandeur et d'onction qui en rendra le souvenir impérissable pour quiconque en a été témoin.

Sur un sujet du genre de celui-ci les réflexions se présentent en foule, et fourniraient matière à un volume; mais il est un art utile de ne pas tout dire et de laisser quelque chose à faire à l'intelligence du lecteur, qu'il suffit d'avoir mis sur la voie : il fait alors plus et mieux que l'auteur lui-même. D'ailleurs il faut être court et savoir finir, c'est là aujourd'hui une condition de succès indispensable à notre époque d'agitation fébrile. Nous lisons, ainsi que nous vivons, à la hâte et sans reprendre haleine, entrainés que nous sommes par le mouvement du siècle qui, semblable à un char emporté, se précipite vers un but inconnu qu'à peine on entrevoit. Humble pélerin qui ai retrouvé ma route, j'ai voulu planter un jalon pour l'indiquer à d'autres. Le sentiment de mon insuffisance m'interdit d'aborder et de développer les hautes considérations générales qui se rattachent à l'événement miraculeux dont je me suis fait le narrateur parceque j'en ai été le témoin. Des écrivains dont les noms sont chers au public religieux (1) se chargeront, je l'espère, de cette tâche, de laquelle ils sauront s'acquitter avec plus d'autorité et de succès que moi. Je me bornerai donc aux réflexions suivantes, qui naissent naturellement de mon sujet.

(1) MM. Gerbet et de Cazalès.

Dans une même famille israélite, distinguée à la fois par sa position, son développement intellectuel et la considération dont elle jouit, deux frères se font chrétiens, à douze ans d'intervalle. Ces deux conversions, parfaitement semblables quant aux effets, diffèrent néanmoins essentiellement quant aux moyens. La première rentre dans l'ordre des faits naturels et rationnellement explicables; c'est à l'aide du raisonnement, c'est à la suite d'un travail lent et graduel de son intelligence, que M. Théodore Ratisbonne a été amené au pied de la croix, et de là jusque dans l'intérieur du sanctuaire. Il a marché, pour ainsi dire, pas à pas, défendant son terrain avec une consciencieuse persistance, et n'avançant qu'à mesure que les objections et les doutes, soulevés par la philosophie humaine, étaient résolus et écartés par la haute *philosophie du christianisme.*

Ses convictions se sont laborieusement formées et mûries; c'est à la sueur de son front qu'il a parcouru le trajet long et difficile qui le séparait du but auquel il tendait, je veux dire la vérité. En cette occasion, l'éloquence et la puissance de persuasion d'un homme supérieur, dont le nom a déjà été mentionné, ont coopéré si efficacement à l'action mystérieuse de la grâce que ceux qui voient seulement le côté humain des choses pourraient soutenir, avec quelque apparence de raison, que, dans cette conversion, l'homme livré à lui-même a tout fait par ses propres forces, le travail persévérant du disciple concourant avec l'habile et fécond enseignement du maître. (1)

(1) On n'a point oublié qu'avec M. Théodore Ratisbonne trois autres jeunes israélites de familles honorables se sont faits chrétiens et prêtres, sous les mêmes auspices et par les mêmes motifs.

Mais la conversion de Marie Ratisbonne offre un caractère diamétralement opposé: le raisonnement n'y est entré pour rien; il n'a rien préparé, rien opéré; tout a été brusque, violent, imprévu, miraculeux en un mot! Ici l'homme nous apparaît purement passif; il demeure comme étranger à l'œuvre de transformation qui va s'accomplir en lui sans sa participation et à son insu. Celui qui tient les cœurs dans sa main a refait, a recréé le cœur de Marie Ratisbonne; idées, sentiments, caractère, jusqu'à son tour d'esprit, en lui tout a été renouvellé; « tout à coup, sans savoir comment et malgré lui, » il passe de la région de l'ombre de la mort à cette lumière véritable qui luit dans les ténèbres, et éclaire tout homme venant en ce monde. Toujours on est forcé d'en revenir au seul point de comparaison connu, à l'exemple de S. Paul. Juifs au moment où ils ont été terrassés, Saul et Marie Ratisbonne se sont relevés chrétiens.

S'il n'était pas téméraire de chercher à soulever un coin du voile qui nous cache les décrets éternels de la Providence, on serait tenté de prédire que les conversions si frappantes, à des titres divers, des deux frères Ratisbonne, que ces précieuses prémices du judaïsme spéculatif et raisonneur du dix-neuvième siècle, sont pour la masse de leurs coreligionnaires l'heureux indice d'une régénération prochaine. Après de si éclatants exemples, « qu'Israël espère au Seigneur ! » car le sang du Crucifié a été répandu pour tous, et premièrement pour les juifs, pour ses bourreaux auxquels il a pardonné ainsi que pour leurs descendants, qui ont *recueilli* et *accepté* cet épouvantable legs de complicité morale.

En présence de pareils faits et de tant

d'autres non moins significatifs, le catholique s'écrie, plein de confiance et d'espoir : Non, le christianisme n'est pas mort ! non, il n'est pas vrai que la parole de Jésus-Christ ait fait son temps !!!

Des sophistes niaient le mouvement; pour toute réponse un sage se mit à marcher devant eux. C'est ainsi que le catholicisme répond aux hommes qui, par des motifs qu'on apprécie aisément, proclament sa mort comme une victoire. Il gagne chaque jour du terrain, et marche de nouveau à la conquête du monde, que déjà il domine de toute la hauteur qui sépare la vérité absolue de la vérité incomplète et relative.

Le travail général de décomposition qui mine sourdement les sectes dissidentes, errant à l'aventure et isolément, à la lueur de quelques rayons disséminés du flambeau de la révélation, ce travail a pour effet de grossir incessamment son cortége triomphal. Soit que l'on pèse, soit que l'on compte les conversions, de plus en plus multipliées, qui recrutent nos rangs, on sera forcé de reconnaître que, par leur nombre et leur importance, elles dépassent de beaucoup celles qu'on essaie de nous opposer. Elles font plus que contrebalancer quelques défections affligeantes qui, ne profitant à aucune croyance formulée, n'aboutissent en définitive qu'aux rêveries contradictoires du panthéisme.

L'Angleterre, évidemment travaillée par un profond mouvement religieux, progresse vers l'unité et vers le dogme catholique, qui en est la seule garantie. Les efforts que l'on tente pour réunir deux grandes erreurs sorties d'une source commune, ces tentatives récentes qui ont pour objet d'étayer l'un contre l'autre deux édifices lézardés qui croulent, prouvent assez clairement que le protestantisme a la conscience de cette impossibilité absolue où il est de vivre désormais d'une vie *réelle.* Il ne faut pas voir ici la fusion naturelle de deux croyances vivaces et homogènes, mais une alliance toute politique entre deux institutions purement humaines, qui, sentant le terrain leur manquer, cherchent faute de mieux à s'appuyer l'une sur l'autre. La ville de Calvin, Genève, est profondément divisée : sociniens, calvinistes purs, calvinistes du progrès s'y font une guerre ouverte, et s'y battent réciproquement en brèche. *La Rome protestante* a cessé d'exister comme centre de doctrine; partout enfin les sectes se disant réformées sont en pleine décomposition; elles se sentent mourir fatalement par l'extension illimitée et inévitable de leur principe, contre laquelle, en vertu de la nature même de ce principe, elles ne peuvent rien. La portion de vérité qu'elles retiennent captive dans l'erreur ne peut suffire à ces hautes et fortes intelligences, auxquelles il faut la vérité tout entière. Guidées par un sûr instinct, celles-ci se tournent vers le catholicisme, car elles ont appris, à l'aide de l'expérience et de la réflexion, à quels écarts monstrueux ou absurdes peut mener l'usage illimité du droit d'examen. C'est bien assez que Dieu ait livré l'univers visible aux disputes des esprits superbes et raisonneurs; il ne pouvait, sans compromettre sa majesté et les plus chers intérêts de l'homme, permettre qu'il en fût ainsi pour ce royaume éternel qui n'est pas de ce monde. Il n'a pu vouloir constituer à tout jamais l'anarchie religieuse; et c'est là que conduit infailliblement le principe fondamental de toute hérésie, savoir: le mépris de l'autorité et la suprématie de la raison individuelle en fait de croyances.

Ces vérités sont de jour en jour plus généralement senties ; le mouvement religieux, dont j'ai parlé plus haut et qui en est la conséquence, n'est pas circonscrit dans les bornes étroites d'un pays; il tend à s'universaliser toujours davantage. C'est en vain qu'on s'est efforcé de nier cette marche progressive, ce besoin de croire qui ramène les masses vers les vérités religieuses ; désormais c'est un fait constaté et acquis à la science historique. Les hommes supérieurs, qui voient de plus haut et plus loin que la multitude, signalent de toutes parts les symptômes avant-coureurs d'une grande régénération qui s'opère dans le sens catholique. Si j'avais le temps d'entrer dans les détails, je pourrais citer des faits, des chiffres concluants de statistique chrétienne, qui témoignent de tout ce qu'il y a de fécond, de réel et de pratique dans cette phase de la vie morale de notre temps.

On se sent d'autant plus vivement frappé de ces résultats, de ces triomphes inespérés, quand on vient à se souvenir qu'il y a quinze ans à peine le catholicisme en France, et jusqu'à un certain point partout, en était encore réduit à se faire pour ainsi dire absoudre et tolérer, comme croyance intime et comme manifestation extérieure, par l'opinion publique qui lui était notoirement hostile. Délivré de la protection systématique et funeste du pouvoir, abandonné à ses propres forces, mais rendu en même temps à toute sa liberté d'action, l'énergique principe de vitalité et d'expansion qui forme son essence a réagi victorieusement. Le catholicisme a reconquis la France, et, par elle peut-être, il reconquerra l'Europe; car notre patrie a dans le bien comme dans le mal, une initiative providentielle. Puisse l'usage salutaire qu'elle semble être appelée à en faire désormais lui concilier de nouveau les sympathies de l'Europe, qu'elle s'est aliénée justement par l'abus qu'elle a fait jusqu'ici de son influence et de sa force! Puissent les *idées françaises*, après s'être retrempées dans le christianisme, réparer un jour les ravages causés par elles dans le monde des intelligences, et neutraliser les germes empoisonnés qu'elles ont contribué à répandre! Puisse enfin le remède venir du point d'où la contagion est partie!

Jésus-Christ a dit: « Lorsque deux d'entre vous se réuniront pour demander quelque chose en mon nom, ce qu'ils demanderont se fera. » Ces paroles n'ont pas été proférées en vain : forts de leur foi et de leur prière, ces deux justes arracheront les montagnes de leurs bases, combleront l'abîme des mers et opéreront des miracles. En ce qui touche la réalisation de cette promesse si formelle, le passé nous est un sûr garant de l'avenir; et l'éclatante conversion dont nous venons d'être les heureux témoins, nous la confirme par une preuve irréfragable.

Ce fait n'est point un fait isolé; les conversions se multiplient, leur chiffre va toujours s'élevant, et Rome plus qu'aucun autre lieu de l'univers contribue à cette riche moisson d'année en année; Rome apporte un plus grand nombre de gerbes mûres dans les greniers du père de famille. Le sol baigné à une si grande profondeur du sang de tant de milliers de martyrs n'a rien perdu de sa fécondité première.

Il semble, lorsque le pied du voyageur, même le plus indifférent, foule cette terre sacrée, que la dernière étincelle de foi cachée au fond de son âme s'y ranime. L'esprit, le sentiment du christianisme le pressent, l'enveloppent de toutes parts; il les retrouve partout, dans les ruines, dans les monuments, dans les souvenirs, dans les chefs-d'œuvre des arts, dans les pompes du culte, enfin jusque dans l'air qu'il respire! S'il descend dans les entrailles de la terre, il les y rencontre encore! L'âme ne peut se soustraire à cette influence vitale et incessante : l'intérêt sérieux que lui offre la ville éternelle, le grave et imposant caractère de ses ruines, de ces vastes solitudes qui l'environnent; la mélancolique majesté des souvenirs, tout ici tend à élever l'âme, à la détacher de la terre, à la pénétrer de calme et de paix. Ici, elle s'isole du vain bruit du monde et de son agitation sans but; elle s'épure, elle aspire à monter, et dès lors elle est plus rapprochee de Dieu. Dans ces heures de recueillement, dans ce solennel silence qui s'est fait autour d'elle, Dieu lui parle de plus près, et sa voix ne se fait pas entendre en vain, car son temps est venu.

Combien, en effet, est-il de conversions dont le germe, déposé dans le cœur pendant un séjour à Rome, s'est développé plus tard? Combien d'autres germes du même genre sont venus éclore et porter leurs fruits sous ce ciel privilégié? tel qui n'a cru faire à Rome qu'un voyage de pure curiosité, s'est trouvé souvent y avoir fait un pèlerinage.

Et il n'en saurait être autrement; Rome, la mère commune des fidèles, recueille et réchauffe sur son sein les cœurs fatigués et malades; sous sa bienfaisante influence, le sentiment filial se reveille en eux; les germes de foi et d'espérance refleurissent. Celui qui doutait s'éclaire; celui qui croyait croit d'une foi plus ferme et plus confiante ; tel autre qui s'engourdissait dans une langueur mortelle, se ranime et reprend courage. Nous avons tous nos besoins divers; Rome pourvoit à tout. Elle offre à chacun l'aliment qui lui est propre ; aux faibles, le lait des petits enfants; aux chrétiens plus forts, plus avancés, elle présente une nourriture plus substantielle. Ceux-ci, elle les abreuve aux sources intarissables et vivifiantes de la science catholique, de ces traditions primitives, de ces enseignements approfondis dont depuis dix-huit siècles elle a accumulé le trésor; elle déroule à leurs regards le merveilleux enchaînement des preuves historiques et décisives de la perpétuité de la foi.

Rome est le centre de l'autorité vers lequel gravitent sans cesse, et souvent à leur insu, les intelligences élevées que préoccupe fortement la pensée religieuse ;

Rome est le dépôt des souvenirs encore vivants de l'antiquité chrétienne, à l'aide desquels la méditation évoque tout un passé fécond en grandes et salutaires leçons. Rome a recueilli et conserve avec un pieux respect les cendres et le sang de ces innombrables martyrs, membres glorieux de l'Église triomphante, qui intercèdent et prient sans relâche pour leurs frères, en lutte avec l'esprit du siècle et livrés à ses laborieuses épreuves. Rome enfin est le centre de l'unité, à laquelle tendent de tous leurs efforts les âmes en proie à l'anarchie des doctrines et lasses de s'y user dans un travail infructueux.

Et l'on s'étonnerait encore que Rome fût la terre des miracles!!

Que si je voulais citer ici des exemples, une foule de noms connus, respectés, de ces noms qui portent avec eux leur garantie, se presseraient sous ma plume, et je n'aurais que l'embarras du choix. Toutes ces conversions réelles, sérieuses qui sont ici de notoriété publique et ont subi l'épreuve décisive de la persécution, ont été accompagnées de circonstances plus ou moins merveilleuses, de grâces plus ou moins signalées. Je me bornerai à mentionner, comme s'étant opérées pendant mon court séjour à Rome, celles de toute une famille riche et considérée d'israélites d'Ancône; d'un jeune Écossais qui porte un nom historique et de plusieurs de ces retours non moins consolants à la foi pratique, qui équivalent à des conversions. J'ajouterai un fait du même genre plus concluant encore : M. l'abbé de Cazalès, se trouvant récemment dans une réunion nombreuse, composée d'étrangers de tous les pays, quelqu'un fit la remarque qu'il était le seul de la société qui ne fût pas un converti.

Encore un mot, et je finis.

Je connais à fond un homme qui, tout en s'efforçant d'être aussi bon catholique qu'il lui est possible, conservait néanmoins encore, au sujet de la dévotion à la mère de Dieu, certains préjugés et je ne sais quel éloignement, résultant de l'abus qu'on fait des choses les meilleures, de ses mauvaises lectures, d'un vieux fonds d'ignorance et de quelques passages de l'Évangile, médités isolément et mal compris; misérables débris, en un mot, de son ancienne indifférence religieuse. Cet homme, bien qu'il eût accepté franchement, par soumission à l'autorité de l'Église, le culte de Marie, ne s'y était encore attaché, pour ainsi dire, que théoriquement, et ne s'y portait point de cœur ni avec amour; il y avait foi, mais cette foi était dépourvue d'entraînement et de confiance.

La conversion miraculeuse de M. Ratisbonne, et les premières conversations qu'il a eues avec lui l'ont converti en un instant sur ce point important. Il a compris, dès lors, que c'était à l'humanité tout entière, et à chacun de nous en particulier, que le Sauveur du monde s'adressait dans la personne du disciple bien aimé, lorsque du haut de la croix, lui désignant la Vierge, il lui dit ces consolantes paroles : « Voilà votre mère ! »

L'homme dont il est ici question est l'auteur de ces lignes.

FIN.

www.ingramcontent.com/pod-product-compliance
Ingram Content Group UK Ltd.
Pitfield, Milton Keynes, MK11 3LW, UK
UKHW021045200726
13857UKWH00003B/831

9 782012 478633